出版说明

胡立根、谢晨先生主编的"经典阅读课"丛书,致力于传承中华优秀文化基因,提升青少年核心素养,帮助中小学生在阅读经典中建构并丰富自己的精神图式。在编辑过程中,我们按照现代出版规范对选文进行了统一处理,对部分选文做了删减,力求提供一套符合现代文字规范的青少年读物,以建立对纯洁汉语的认知和体悟。敬请作者、译者见谅。

另外,我们已经联系到大部分选文的作者和译者,他们同意将作品列入"经典阅读课"丛书,但由于作者面广,仍有部分作者和译者无法取得联系。请作者和译者看到本丛书后,尽快与我们联系,以便奉寄样书和稿酬。

诚致谢意!

联系人:蒋鸿雁
电话:0755-83460371
Email:984213171@qq.com

深圳市海天出版社有限责任公司
2018年7月

青少年核心素养
经典阅读课

文学顾问 / 曹文轩

主编 / 胡立根 谢晨

科学的边界

本册主编 / 熊丽华

编者 / 熊丽华 胡艳琴 陈白翎

图书在版编目(CIP)数据

科学的边界 / 胡立根, 谢晨主编. — 深圳 : 海天出版社, 2018.7(2020.7重印)
(青少年核心素养经典阅读课)
ISBN 978-7-5507-2126-5

Ⅰ.①科… Ⅱ.①胡… ②谢… Ⅲ.①阅读课—中学—课外读物 Ⅳ.①G634.333

中国版本图书馆CIP数据核字(2017)第325346号

科学的边界
KEXUE DE BIANJIE

出 品 人	聂雄前
项目负责人	蒋鸿雁
责任编辑	李　春
责任技编	梁立新
责任校对	赖静怡
封面设计	深圳市张达利设计有限公司

出版发行	海天出版社
地　　址	深圳市彩田南路海天综合大厦（518033）
网　　址	www.htph.com.cn
订购电话	0755-83460239（邮购、团购）
排版制作	深圳市龙瀚文化传播有限公司　0755-33133493
印　　刷	深圳市华信图文印务有限公司
开　　本	787mm×1092mm　1/16
印　　张	17.75
字　　数	260千
版　　次	2018年7月第1版
印　　次	2020年7月第2次
定　　价	32.00元

海天版图书版权所有，侵权必究。
海天版图书凡有印装质量问题，请随时向承印厂调换。

总 序

阅读需要仰视

阅读,是对世界和生命的凝视。未经凝视的世界是毫无意义的。苏格拉底说:"认识你自己。"经由阅读,我们的心沉静下来,开始细心聆听远方的声音,聆听与自己相隔千里万里、相距千年万年的高贵的生命回响,从而更好地认识世界,认识自己。

阅读,让灵魂高贵,让生命丰盈。人的精神高度与阅读高度紧密相联,人因读书而高贵。经由阅读,你会获得一种让灵魂生香的高贵气质。阅读,让我们领略另一种不可能经历的时代和生命,让我们用一种新的眼光反思生活,面对人生。

阅读与写作相辅相成。阅读是张弓,写作是支箭。要想写作这支箭射得更远,就要让阅读这张弓更强。阅读就像采摘葡萄,在心土的深处发酵久了就变成了葡萄酒,这就是阅读给再创作带来的灵感。

阅读,要与高贵的文字结缘。书是有血统的。我们要读有高贵血统的书,这些书能照亮生命的旅程。对于成长中的孩子而言,要让他们在有限的生命长度里读有价值的书,多读能够打精神底子的书,读"有根的书",读经典。经典至高无上,阅读需要仰视。

深圳是一座有着自己的人文梦想的城市,深圳读书月已经开展了

18年，深圳青少年阅读也一直是一面迎风招展的旗帜。这些年来，我每年都要到深圳，和深圳的校长、老师、学生，也和更多的市民朋友讲阅读，我一直强调读书要有选择，青少年人生经历有限，学业压力大，读什么书是一个很重大的问题。我在很多情况下讲过，现在的很多孩子读的是没有用的书，没有"根"的书。这个根，就是要有"文脉"，能够传承下去。近年来，深圳市学生文联和胡立根工作室一直在做一件事情，那就是帮助、引导学生阅读经典。基于青少年核心素养的"经典阅读课"丛书，立足人生中必然面对的关于传统、关于生命、关于自然、关于亲情、关于家园、关于哲学、关于历史、关于审美等12大命题，精选古今中外经典名篇，加以导读，汇成12个主题读本。这套"经典阅读课"是知名特级教师胡立根、知名阅读推广人谢晨和他们的团队多年阅读教育和阅读推广实践的集大成，已经数年试用，效果良好。我乐于见到一个青少年经典阅读推广的阳光地带。

"经典阅读课"是一套有"根"的书。愿每一个青少年读者都能懂得仰望经典、凝视生命，在阅读经典的过程中建构精神家园，打好人生底色。

曹文轩
2017年12月于北京大学蓝旗营住宅

序 言

传承文化基因，提升核心素养

"春江潮水连海平，海上明月共潮生。滟滟随波千万里，何处春江无月明……"

浩瀚的大海，蕴藏无数珍奇，充满神奇魅力。但是，沧海茫茫，却又令我们无所适从。于是，许多人一个猛子扎进去，纵然喝了满肚子的海水，但最终被淹没在大海之中。有的人跳进去，捞了几只鱼虾，上得岸来，也不管有没有毒，适不适合，便整条整条地吃下去，吃得津津有味，这样，虽是品尝了海味，但终是囫囵吞枣，难免中毒，更不知大海中还有许多更神奇的美味。于是有一些潜水高手，一些渔民，从大海中打捞出各种珍品，一股脑堆在那里，或者胡吃海吃，最终可能导致消化不良，难以有效吸收。

同样，当我们来到人类文化的大海之滨，渺小的我们，会不会像当年张若虚那样，被人类文化的浩渺所震撼，所吸引？面对人类浩如烟海的文化典籍，我们有这样几种做法，一种是一头扎进去，找到几本书，也不知适不适合自己，读了再说。这种阅读，当然有价值，但正如老子所言："吾生也有涯，而知也无涯。以有涯随无涯，殆已！"在信息化的当今时代，各种信息纷至沓来，新的知识层出不穷，令人应接不暇，尤其是学生,课业负担繁重,而大部分学生今后所从事的又并非狭义的文化类工作,哪有那么多时间一本一本地将文化典籍读完呢?这样我们所读的典籍终究有限。

于是我们有许多文人、学者、老师,从大量的文化典籍中遴选出优秀的篇章,编辑了各种各样的读本。这些读本因为经过了认真挑选,剔除了糟粕,浓缩了精华,应该是为读者提供了一定的精神食粮。这些读本虽然也形成了自己的所谓体例,也多是分单元阅读,但基本上是,或按作者,或按朝代,或按国别,或者取一个华美的单元标题,选文之间多缺乏内在的逻辑联系,选本没有形成独立的思维结构,因而仍然脱不了碎片化的嫌疑。大多只是将许多好东西送到了读者的面前,读者读完之后,虽不说是一地鸡毛,但很可能是一锅乱炖。

这就涉及我们今天为什么要阅读经典的问题。其中的一个目的,可能是了解,通过阅读经典,知道往圣先贤的生活、思想状况。但是,了解不应该是主要目的,读经典主要不是为了发思古之幽情。经典的阅读,不是让读者回到过去,更不是让孩子们穿着唐装汉服,摇头晃脑地之乎者也,经典阅读的目的应是指向未来;我们要将往圣先贤请到当下,让他们来指导我们当下的行为。因此经典阅读的目的,固然有丰富知识的因素,但是,知识不是我们的终极目的,经典阅读最终应该指向我们的行为,指向实践。

人类文化经典的形成,并不是一朝一夕之功,而是千千万万的先辈们,面对生命,面对人生,面对世界的诸多问题、诸多困扰,进行探索,从而形成他们的思考,形成他们应对的态度和精神。因此,所谓经典,本质上就是往圣先贤人生实践的精彩总结与记录。其中,最有价值的就是往圣先贤思考问题的方式、他们的精神态度、他们的人生趣味,这一切,我们不妨称之为思维图式、精神图式和审美图式。

早在19世纪,威廉·冯·洪堡特就说:"在语言中,个别化和普遍性协调得如此美妙,以至我们可以以为下面两种说法同样正确:一方面，整个人类只有一种语言；另一方面，每个人都有一种特殊的语言。"①世界的语言无疑是多种多样的，但洪堡特为什么说整个人类只有一种语言？因为，每一种语言的背后，实际上隐藏着民族共同的认知与思维的方式和情感、价值观、世界观的共同趋向，甚至隐藏着整个人类相近的思维与认知方式，人类相近的情感价值观方向，也就是说，形形色色的语言背后，有民族的、人类的共有的思维图式、精神图式和审美图式在，正因为这样，不同语言的人群之间才能进行沟通和理解。而这些共有的图式，就是洪堡特所谓共有的语言，这些共有的思维图式，实际上就是民族和人类的文化基因。而经典，之所以能成为经典，就是因为承载了民族的、人类的共同的思维与情感的成果，隐含了一个民族甚至整个人类的共有图式。因此，民族的、人类的共有的思维图式、精神图式、审美图式应该是经典的内核。

经典之所以成为经典，固然与经典语言的规范与生动有关，但经典往往并不代表当时语言的最高法则，即使经典的语言代表当时语言的最高法则，这些法则对于当今时代，其价值也是极其有限的。经典的最高价值，是人类和民族某一阶段、某一方面的思维图式、精神图式乃至审美图式的精致的凝固，是民族和人类的思维图式、精神图式、审美图式的瑰宝，是人类文化的优秀基因。这才是我们阅读经典最应关注的东西！对于读者来说，人生也许没有非读不可的书，就像苏轼没有读过《红楼梦》，奥巴马不一定读过《论语》，但是，人生一定有必须面对和思考的问题，所以，《红楼梦》中涉及的许多话题，苏轼都有过深邃的思考，《论语》中涉及的许多问题，奥巴马也应该做过探索。所以，今天读经典，可能并非必须读某一本书，但是，我们应该从经典中吸取往圣先贤应对人生问题的优秀的思维图式、精神图式和审美图式，从而优化我们自己的思维结构、精神世界和审美趣味，进而提升我们的核心素养。

---

① 威廉·冯·洪堡特. 论人类语言结构的差异及其对人类精神发展的影响[M]. 姚小平, 译. 北京：商务印书馆, 1999.

这样，经典阅读，实际上有三个层面，第一个层面是语音、文字、词汇和语法，这是最表层的东西，也是入门的东西；第二个层面是语言的技巧，包括修辞、章法、为文技巧等；第三个层面是思维图式、精神图式和审美图式。而第三个层面，实际上又包括两个层次：一是民族的思维图式和精神图式；二是人类的思维图式和精神图式。第三个层面才是经典阅读的关键所在。

但是，我们怎样从经典中获取这些高贵的文化基因？我们怎样才能掌握人类几千年来传承的思维图式、精神图式和审美图式？按照前文所述的第一种方式，一头扎进去，找几本书读一读，固然可能获取某一个作家的某种文化基因，但，一则可能将不良基因也一并收取，二则所获有限。如果按上述第二种方式，阅读各种优秀文章堆砌的读本，可能避免了不良基因的吸收，但是，这些选本多是文章的碎片化堆砌，并没有从思维图式、精神图式和审美图式的角度进行整合，在阅读中，我们可能只能形成碎片化的记忆，难以形成我们自己的优秀的思维、精神、审美的图式。

基于这样的思考，我们尝试着从人生必须思考的问题出发，精选人生问题的12个主题，研究往圣先贤对这些问题的思考、态度与趣味，从浩如烟海的经典中，抽取我们认为承载了优秀的思维图式、精神图式、审美图式的经典文本，按相关主题，从这三个图式的角度加以梳理，编辑了这一套"青少年核心素养经典阅读课"主题阅读丛书，以求有助于构建我们的思维图式、精神图式和审美图式。

本丛书共分12个主题。包括人生首先必须面对的生命问题、人生发展问题、情感问题，从这个层面，我们编辑了《生命的长河》《人生的智慧》和《情感的咏叹》三个主题读本；然后是人与自然的关系、人与家国的关系和人与历史的关系，从这个层面我们编辑了《自然的密码》《家园的守望》和《历史的声音》三个主题读本；再上升一层是本民族的文化传承、科学的问题和哲学思考，在这个层面，我们编辑了《传统的精髓》《科学的边界》和《智者的哲思》三个主题读本；作为经典的语文读本，我们还从审美的角度选取了三个主题，包括审美与艺术、经典美文、古典诗词，由此编辑了《审美的盛宴》《美文的品鉴》和《诗词的韵味》三个主题读本。

为了引导读者从思维图式、精神图式和审美图式的角度思考相关主题，在编辑中，我们力图体现以下编创原则：

一是经典性。在选文上，力求将人类关于相关主题的思想精华和最具艺术化的作品呈现给读者，尽量让读者占领相关主题的人类思维制高点。

二是建构性。该丛书与其他读本类丛书最大的区别在于，编者以人生必须面对的问题为切入口，以问题的思辨和解决为逻辑主线，选取相关经典，力图以此引导读者建立起相关的精神图式、思维图式。

三是可读性。考虑到本丛书的主要读者对象为青少年，在选文上尽量做到经典性的同时，适当降低了选文难度，难度稍大的选文，在"导读"和"交流之窗"中对阅读做一些梳理性的提示。在导读的用语上也尽量考虑以青少年为读者对象，尽量增强导读的活泼性和可读性。

四是思辨性。在选文上，将思辨性放在优选地位，以期给读者思想启迪，不少章节有意识地选取了一些持不同观点的文章，目的在于形成思想的冲击波。编者还为读者提供了相关主题的研究范本，试图引导读者对相关主题结合当下进行深入思考与研究，帮助读者形成相关主题的健全的意识与感悟、思考。

五是原创性。在编辑中尽量做到体例的原创，导读的原创，注释的部分原创。在体例上，根据相关主题的思维结构设计相关章节，试图以此形成相关主题的完整的思维结构和精神样式。每个主题的每一章设计有相关的导读，每篇选文设计有编者与读者的"交流之窗"，以引导读者深入思考。

六是大视野。选材范围力争广阔，力争站在一定的学术高度，所以除了国学主题之外，其他主题所选文章都涉及古今中外。而国学主题的选文则尽量从整个国学史的大视野，提取中华文化的优秀基因，选取国学经典，并从源流上对中华民族的优秀的思维图式、精神图式进行梳理。

本丛书能够顺利出版，非常感谢胡立根工作室的所有成员及编写工作的所有参与者的辛勤劳动。当然更要感谢促成本丛书出版的谢晨先生，感谢海天出版社的领导和编辑的大力支持。尤其要感谢安徒生文学奖得主曹文轩先生欣然担任本丛书的文学顾问并为本丛书作序，曹先生对本丛书的编辑给予了多方面的指导，提出了许多宝贵的具体建议，才能使本丛书有今天的高度。

当然，由于编者视野和水平所限，选文、体例、导读等等，难免有不尽如人意的地方，我们期待读者的宝贵意见。

胡立根
2017年12月于深圳羊台山

前言

正如硬币的两面,科学与人文是人类文化不可分割的两个部分。本书是丛书众多人文读本中唯一有关科学的读本,想表达的观点是科学与人文一样,都是人类对客观世界——自然和人自身的认识,都追求真理的普遍性,都服务于人类社会及人类与自然的和谐发展。

而随着科学的发展,社会生活已经彻底告别庭院自给自足、人与人老死不相往来的宁静。时代被科学的大潮以洪荒之力裹挟着滚滚向前,克隆、黑洞、云计算、引力波、量子纠缠……一个个科学发现、科技发明,一次又一次打破壁垒,将人与自然一次又一次推向无缝对接。

在科学的辅助下,人类生活日趋便捷、舒适,人们对大自然的了解利用也日益深刻广泛。

总之,科学对现代社会,对每一个现代人的强大影响达到了前所未有的高度。

而作为身处大科学时代背景下的青少年,无论是立足自身生存发展还是着眼于国家民族的前途命运，都必然应该自觉培养热爱科学、热爱自然从而热爱生活的热情，自觉运用科学的方法观察世界、指导人生，乃至将来用科学知识为国家的强盛做出自己的贡献。梁启超说，少年强则国强，少年弱则国弱。青少年永远是国家的未来，民族的希望！

有一个血的教训让中国人民痛彻心扉：落后就要挨打！什么落后？很大程度上就是指科学技术上的落后。中国近现代被外族入侵的苦难历史至今还在诉说着无尽的悲哀。在那样的岁月，我们的民族饱受欺凌，人民苦难深重！如今，中国已经今非昔比，但世界永远遵循弱肉强食的丛林法则：某些大国怀着不可告人的目的在南海搅中国的局，就是个不争的事实。不久的将来，国家的命运就将交到我们的手中，用什么建设和保卫国家，唯科学当为先锋！

本书立足于唤醒与激发青少年读者的科学兴趣，传递一种科学精神！

何谓科学精神，引用法国作家加斯东·巴什拉《科学精神的形成》一书的观点来说，它是一种理性精神，是从经验认识层次上升到理论认识层次，是坚持理性原则；是实证精神，注重用实践来检验理论的方法；是求实精神，克服主观臆断；是求真精神，勇于维护真理，反对独断和谬误；是探索与创新精神！在这样的科学精神引领下成长起来的年轻人，在思维方式上更理性，在情怀上更积极向上。他们充满朝气，对世界保有一份鲜活的好奇心，渴望了解世界，改造世界！

而这些品质却是我们当下中学生所缺少的。发展自我，建设国家,改造世界从来都不是一句说说就算了的玩笑,它是严谨的、认真的!它需要科学精神、科学思维、科学方法!

出于以上旨意,我们将本书设置为七个编,分别是:

第一编——科学趣味

第二编——科学本真

第三编——科学认知

第四编——科学幻想

第五编——科学达人

第六编——科学忧思

第七编——科学与中国

七个编涉及的内容与科学这个话题相比,自然是微不足道,当然也不可能有一本书能够企及!而我们设此七编自有本书的考量。我们希望通过《科学趣味》,告诉大家科学是妙趣横生的,无论从事科学的过程是否曲折艰辛,其中的趣味伴随科学始终!正是因为这样的动力,达尔文、法布尔、劳伦兹……无数的科学家兴致勃勃投身科学,用他们的双眼发现世界的神奇,并将此神奇的趣味分享给了全人类。

爱因斯坦说:照亮我的道路,并且不断地给我新的勇气去愉快地正视生活的理想,是善、美和真。在《科学本真》编,我们从科学的内涵和外延两个角度选文,进行必要的知识普及,更从求真的态度上启发读者,使大家明确:科学就是真理。

提及科学,不得不说的是认知。在《科学认知》这一编,选文更倾向于建构青少年科学的认知方法,要有敢于怀疑、勇于创新的气魄和胆识。

几乎所有的科学发明都源于假想，《科学幻想》编选文既有意趣盎然的科幻小说，也有严密理性的假想理论。从古代到今天到未来，一个个科学幻想无不体现人类探索宇宙的智慧和热情。

《科学达人》编选文偏重感性，以科学达人的科学故事作为选文的重点，这个部分的选文有较强的可读性。社会走到今天，一部科学发展史，就是由一代又一代科学达人用毕生的热情铸就。希望大家通过阅读了解达人在科学领域可歌可泣的故事，学习他们的科学方法，向他们的科学精神靠拢。爱因斯坦说：你要知道科学方法的实质，不要去听一个科学家对你说些什么，而要仔细看他在做什么。

在《科学忧思》编，我们还想告诉大家，科学是把双刃剑，在造福人类的同时，也给人类带来了一定的忧患，科学造假、科技战争、科学伦理无不令人忧心忡忡。你认为这样的忧思有必要吗？

科学在中国普及、发生、发展，是近一百年的事情，虽然起步晚，但取得了杰出的成就。我们想通过《科学与中国》编，引发同学们的思考。同学们不妨设想，当你成为未来中国脊梁的时候，你的国家将是怎样的面貌呢？你在科学领域能否为之效一己之力呢？

因为科学读本的话题的独特性，有些选文篇幅较长，甚至有些属于纯理论性的东西，与其他人文类文章相比，这也许会占用你更多时间。但我们相信，如果你进去读，读进去，你会收获不一样的趣味！

编　者

目录 contents

001　第一编　科学趣味

文学之花
005　不久就有两个我吗?　　　　　　　　埃里克·维绍斯
014　数学为什么可爱　　　　　　　　　　王　蒙
019　简单生出复杂　　　　　　　　　　　阿·热
022　小雁鹅趣事　　　　　　　　　　　　劳伦兹
032　在没有重力的厨房里做早餐　　　　　别莱利曼

理性之光
039　恐龙愚蠢吗?　　　　　　　　　　　斯蒂芬·杰·古尔德

043　第二编　科学本真

文学之花
047　题西林壁　　　　　　　　　　　　　苏　轼
048　问候天空　　　　　　　　　　　　　简　媜

理性之光
053　科学是什么　　　　　　　　　　　　阿西莫夫
059　创造力:科学和艺术的共同基础　　　李政道
062　科学与伪科学、反科学(节选)　　　林德宏

067　第三编　科学认知

文学之花
- 071　观书有感　　　　　　　　　　　　　　朱熹
- 072　荆人涉澭　　　　　　　　　　　　　　吕不韦
- 073　自由和科学　　　　　　　　　　　　　爱因斯坦
- 076　公众的科学观　　　　　　　　　　　　史蒂芬·霍金

081　第四编　科学幻想

文学之花
- 085　海底两万里（节选）　　　　　　　　　凡尔纳
- 107　F博士的枕头　　　　　　　　　　　　星新一
- 111　《三体》选读之《智子》　　　　　　　刘慈欣

理性之光
- 140　宇宙的未来　　　　史蒂芬·霍金　杜欣欣　吴忠超　译

153　第五编　科学达人

文学之花
- 157　探索的动机——在普朗克生日会上的讲话
　　　　　　　　　　　　　　　爱因斯坦　朱长超　编译
- 162　永生的平民法拉第　　　　　　　　　　吕孟申
- 169　我的世界观　　　　　　　　　　　　　爱因斯坦
- 174　《物种起源》导言　　　　　　　　　　达尔文

179	**第六编　科学忧思**	
	文学之花	
183	《科学的双刃剑》前言	杨建邺
188	科学家要求废止战争	罗　素　许良英 译
193	科学进步的障碍	波　普
197	人类必须了解宇宙	尼尔·阿姆斯特朗
200	我们的健康	刘易斯·托马斯
	理性之光	
207	放射性物质——镭	皮埃尔·居里　宋玉升 译
215	电脑对人类行为的影响——未来而不是现在	本杰明·亚历山大　谈谷铮 译
223	**第七编　科学与中国**	
	文学之花	
227	天问（节选）	屈　原
230	浪淘沙	刘禹锡
231	石钟山记	苏　轼
233	捕鼠木钟馗	沈　括
	理性之光	
235	墨子·备穴（节选）	墨　子
237	天工开物（节选）	宋应星
240	中国哲学里的科学精神与方法（节选）	胡　适
248	中国科学对世界的影响	李约瑟　范育庭 译
256	青蒿素——中医药给世界的一份礼物	屠呦呦

第一编
科学趣味

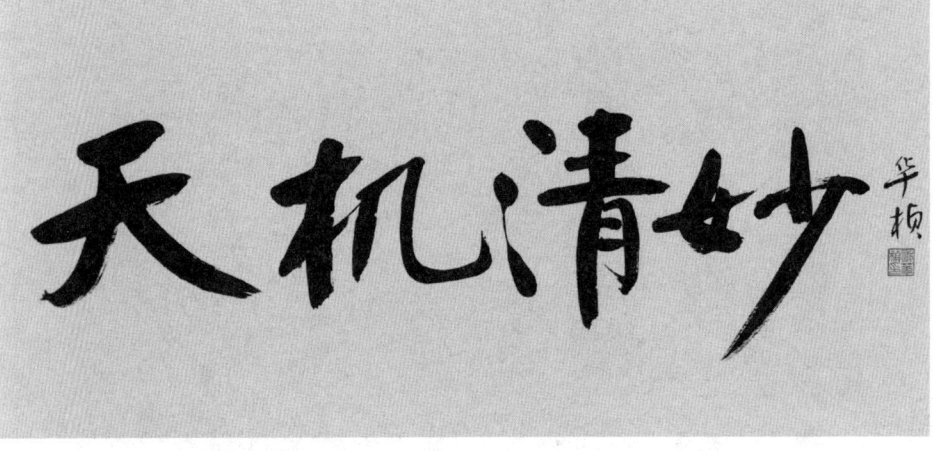

⊙ 天机清妙　邹华桢书

第一编 科学趣味

爱默生说：人们喜欢猎奇，这就是科学的种子。

在《科学趣味》这一编里，我们聚焦了几个有趣的科学现象，也为大家推介了一些科学家因兴趣而投身科学的感人故事。

有趣的事情首先来自人们的好奇心，本篇从有趣的科学现象和对科学感兴趣的人出发，说说科学趣味。那么，什么是趣味呢？趣味就是让你耳目一新的别开生面，是奇妙无穷，是巧，是让你愉悦的现象和发现。比如，当有一天，另一个你站在你面前，摸摸你的脸，拍拍你的肩，你是目瞪口呆呢，还是捧腹大笑？不久会又有一个你吗？对这样的问题，我想你的好奇指数一定爆表吧。不久后到底会不会有一个你呢？不告诉你！真想知道吗？那问问劳伦兹，学学法布尔吧。爱好是你最好的老师。物理学家加来道雄因为浓厚兴趣的引领，走进奇妙的物理世界，实践自己趣味多多的人生。你不知道的科学趣事真的很多，比如，动物吃饱喝足后的打闹原来是自发的游戏！

华兹华斯说：自然从不背叛热爱它的人。科学就是这样，自然是养育我们的家园，科学是我们的保护神，你爱她，她就眷顾你。

阅读本编，你可以挑选最能激发你兴趣的篇目，找找兴趣点，对那些满怀热情、专注自己的科学兴趣的科学家，你又有怎样的感受呢？给他们写封信，说说你的心里话吧！

　　而你心里也一定有许多有别于本编选文的科学趣事或科学现象吧，那么，你不妨跟自己的朋友们分享分享。总之，趣味大家分享，趣味才多多！

● 文学之花

不久就有两个我吗?

埃里克·维绍斯

埃里克·维绍斯,美国分子生物学家。他因发现早期胚胎发育的基因控制获得1995年诺贝尔生理学或医学奖。

请假想,和平常一样,早晨,你很晚才起床,你想快点去卫生间,可门是关着的。

"里面是谁?快出来!"你一边喊一边敲着门。

"我就出来了。"一个声音在里面回答。

门开了,你的面前竟站着另一个"你"!

"我刚刚用了你的牙刷,你不会不高兴的,对吧?"这个"你"一边高兴地说,一边从你身边挤过去,"可现在请你原谅我,因为我得赶着去学校,马上要迟到啦!"

说完,这个"你"便匆匆忙忙地走了。

这一切都有可能发生吗?

有一天,突然有一个和你长得一模一样的人站在你的面前!你可以和他互换角色,他就好像是你的双胞胎兄弟一样。

但是,现在你可以暂时放心,你仍旧可以继续使用你的牙刷,因为上文提到的只是克隆技术。

或许你已经在报纸上阅读过，可能也在电视里看过，但这种技术还不能用在人类身上。

克隆是一种能让某些植物或是生物被复制的技术。不！这当然不是魔术，这个技术是真实存在的，但并非易事。

1996年7月5日，一只羊在苏格兰出生了，它的名字叫多利。多利是另外一只雌性羊的复制品，它的母亲比多利早7个月出生，多利并没有父亲。

你一定想弄清楚，世上怎么可能发生这样的事？！那么，你必须首先弄明白自己是怎样产生的。

你父亲的一个精子让你母亲的一个卵子受精，它们的过程是这样的：你父亲将一种液体喷到你母亲的肚子里，这种液体里含有许多个小精子。精子是一种带有长尾巴的小生物，它们的个子非常小，小到几乎看不到。

接着，这些小精子会争先恐后地朝着你母亲的卵子奔去。"胜利者"就将脑袋钻进卵子的软膜里，然后甩掉尾巴，因为这时它已经不需要尾巴了。

精子到达卵子的内部后，脑袋的膜便开始融化。它的小脑袋里有一个东西，叫精子核，精子核在卵子内部开始慢慢释放出来。

这个精子核里包含着你父亲的遗传物质，这些遗传物质能使你从你父亲那儿得到全部特性的基因，也许是眼睛的颜色，也有可能是语言的才能。

如果你能弹得一手好琴，这也很有可能是从你母亲那儿遗传来的。因为这方面的才能很可能就包含在她的卵子核里。

你父亲的精子核和你母亲的卵子核互相结合，并将他们的遗传基因和遗传物质结合起来。两个核结合后，便使卵子开始受精。接着，受精后的卵子开始不断分裂：先分裂成两个细胞，四个，八个，等等。

等到9个多月后，你就长得足够大了，可以作为一个成型的婴儿离开你母亲的肚子。

由此说来，你身体的一半来自于母亲，另一半则来自于父亲。

但尽管这样，你仍旧是一个独一无二的人。因为他们的遗传因子在受精时，许多基因已经被重新组合了。

有的时候也会发生这样的事情：你既不像父亲又不像母亲，而像另一个人。

比如说你继承了你叔父的鼻子，或是你外婆头发的颜色，因为你和他们有着血缘关系。

如此说来，你和他们的部分遗传基因是一样的。当然，虽然你身上带有你父母的遗传物质，但是它们之中只有极少数物质才会形成你的性格。

每个人大约有三万个基因，而每一次分娩都代表遗传基因的又一次组合。没有哪一个人会简单地复制着他的母亲或是他的父亲，更没有哪一个人会长得和另一个人一模一样。

且慢，这儿有一个例外：早期的胚胎在一开始的时候，就分裂成了两个细胞群体，它们并不待在一起，而是每个群体各自长成一个完整的人。

这两个人由一个受精的卵子生出，他们具有一模一样的遗传基因，人们称之为单卵双胞胎。

他们不仅长得非常相像，而且大部分也有相同的爱好，喜欢的音乐或是食物，其他许多方面也非常相似，哪怕他们并没有在一起长大，甚至是分开了几十年。

纵然单卵双胞胎长得很像，但他们依然不是一样的人。

这和下面的情况有关：他们在出生的时候，就和你一样，还没有发育成熟。他们的认知和学习以及不同的阅历，还有在生活中遇到的各种事情，等等，这一切都会对他们性格的形成造成一定的影响。

那这和克隆又有什么关系呢？

克隆就好像制造一对双胞胎一样，只是克隆的个体不是偶然产生的，而是科学家们在实验室里，利用一个正常的体细胞通过技术手段造出来的。

这是一件非常复杂的事。

你所有的细胞都来自于一个受精卵子，所以，在每一个体细胞内部，无论是头发细胞，还是皮肤细胞，都拥有完全一样的基因。

可为什么所有的细胞又是不一样的呢？

原来，这是因为在细胞里，只有部分基因被激活了，而其余的基因还在打瞌睡呢。

即使这样，每个细胞还是有着从你父亲母亲那儿遗传来的一套完整的基因。

如果人们想制造出一个完全相像的生物，并且相貌完全都像它的母亲（或它的父亲），那么只有一个可行的办法：人们必须首先从母亲（或是父亲）体内取出一个正常的体细胞，然后从中提出基因，并将它们塞入一个空的卵子中——人们已经将这个卵子中独有的基因取出来了。

接着，这个卵子发育成一个新生物，虽然它没有受精的过程。

和一个普通的、有半个基因相配的卵子不同，这个用智慧制造出来的卵子有着整套的基因，即使它没有经过一个精子核的受精过程。这个生物，事实上是其母亲（或父亲）的人工复制品，被称为克隆个体。

人类有史以来的第一只克隆羊，它和你不一样——你由来自一半母亲的基因和一半父亲的基因组合而成，而它彻彻底底是它母亲的复制品。

多利是这样被制造出来的：科学家取出一个充满了基因的体细胞的核，这个体细胞是从多利母亲乳房上取出的。科学家将这个体细胞核植入另一个去了核的卵子内。（科学家本可以取一个多利母亲的卵子的，但其中的关键不在于卵子。）最后，这个卵子又被植入多利母亲的子宫内，因此，多利并没有父亲。

但这样做究竟是为了什么呢？科学家为什么要花费这么多时间去制造一件复制品？羊不是到处都有吗？

科学家们研究克隆技术，并不是为了单纯地制造复制品，而是因为他们想先从羊身上探索生物是怎样生成的。

他们想知道为什么最开始细胞完全相同的卵受精后，会形成完全不同的细胞和身体的各个组成部分——胳膊、腿儿、眼睛、头发……

他们还想知道为什么有的人高大而有的人矮小？为什么有的人会得病而有的人不会得病？为什么有些人非常聪明而有些人却很愚笨？

实话说，目前，我们还没有发现许多有价值的东西。即使多利的出生是一个非常巨大的成功，但事情并非是人们单凭研究克隆技术就能揭开基因的秘密。

所以，我们还有很长的路要走，这样才能将奇妙的生物复制品推向全世界。

第一，目前克隆技术还不是很成熟，因为不是每一次克隆实验都能取得极大成功。

在多利出生之前，科学家们已经进行了两百次克隆羊的实验，都没有获得成功。

第二，这样的克隆动物一旦自己繁衍下一代，就会出现一些问题，比如看起来非常健康的克隆老鼠生下了一只患有肥胖症的幼崽。或许，这是因为去核的卵和陌生的卵结合时有些冲突的原因，科学家们也不清楚这到底是怎么一回事。

虽然这样，我们还是要将研究进行下去。

我们如果能由此发现体内疾病产生的原因，这将是一个巨大的成功。

我们如果弄清一个细胞为什么产生分裂，为什么在以后长成肿瘤，那我们也就能阻止它的生长了。还有一些其他疾病，比如糖尿病，或是肾脏病，也许也能利用克隆技术克隆一些健康的体细胞，从而使病人得到治疗。

因此，英国政府颁布了一条法令，只准许特殊形式的克隆，即"治疗克隆"。

从此，不再只是克隆羊或是别的动物，人的卵子也可以开始进行克隆。不过，这些克隆卵子，不能再植入一个女人的子宫里面，这样做是为了避免它们会长成一个活生生的孩子来。

这些卵子只能在实验室里进行培育，直到它们发育成某种身体组织，比如心脏或是肝脏细胞。克隆科学家们希望，有一天能借助这些细胞培育出一个完整的器官来，那时，人们便可以用它们来替换一个得了病的脏器。

对于人的细胞复制品，一般只允许发育几天。接着，这些复制品就必须被毁掉。因为在全世界的各类价值观，还有各种宗教中，克隆一个完整的人是非常不道德的，他们认为这是对创世的一种不遵守与侵犯。另外，克隆人的技术能不能实现，还远远不是很有把握的事。

即便这样，有几个科学家已经向全世界预告，他们将要让克隆的孩子出生。他们的行为得到了那些无法生育,却非常想要拥有孩子的人们的称赞。

你的父母会同意让别人为你制造一个你的复制品吗?或是人们让早已逝去的人类复活,就像电影里演出的一样?我们能不能让亚历山大大帝或是让希特勒复活?

你们大可不必担心,各国已经严格禁止克隆人的行为,另外,我们的技术还远没有发展到这般程度。

然而,克隆人的技术终将在某天成为可能,于是,克隆人的行为最后将无法被长久地严禁下去。

如果有一天真到了这样的地步,那克隆人就必须同其他人一样,应该享有相同的权利。因为虽然他们是别人的复制品,但他们仍有自己独立的人格,其独立的程度甚至比双胞胎还要来得强烈!仅仅是因为他们是在一个完全不同的时刻来到了这个世上,他们拥有了一个全新的人生经验,因此,他们的独立性也会愈加强烈。

即使这样,将来,当你遇到一个和你一模一样的人时,你一定会犯嘀咕:"像我这样的普通人,科学家到底有没有价值进行这个实验?"

这个问题很难回答。

或许,我们可以发现许多很有价值的东西,它们能帮我们治疗疾病。但我也明白,我们这样做其实也是在玩一个非常危险的游戏。我们如果克隆在我们价值观内认为是很珍贵的遗传物质,并利用技术让其他遗传物质淘汰的话，我想，我们这样做很可能会犯下严重的错误。

因为大自然总是比我们更有远见，所以我们人类必须始终尽力维护它的多样性以及基因的多样性，这些多样性给大自然带来了不同的种族、文化、气质以及社会，正是因为我们每个人都是如此不一样，才使全人类能在这个星球上生存了如此长的时间。

（选自《诺贝尔奖获得者与儿童对话》，生活·读书·新知三联书店，2003年版）

【交流之窗】

自克隆羊多利诞生以来，克隆就不再神秘！这是一种突破传统的诞生动物或植物的科技创造。可是当它有可能用来复制你的时候，你会持什么态度呢？反正如果是我，那真是感到万分新奇而惊悚！读了《不久就有两个我吗？》，人们一定相信：不久后会不会有一个我，在技术层面应该不是问题，起决定性作用的应该是科技伦理与道德。先进的克隆技术如果用在帮我们治疗疾病，那才是科学为人类带来的新福音。我对将来克隆在治疗疾病方面给人类的帮助，或者说给我的帮助，十分感兴趣！你呢？

数学为什么可爱

王 蒙

⊙ 王蒙　莫丹绘

王蒙，中国当代作家。

数字魔方

福建有一个文学评论家叫林兴宅，以前他提出过一个观点，说"最好的诗是数学"。此话一出，全国哗然。我当时并没有很多道理可说，但是非常喜欢这句话。古今中外不止一个有名的文学方面的人才自嘲说：我之所以写小说、写诗，是因为我从小数学不及格。例如，汪曾祺先生就有过这样的名言。但是我跟这种类型的作家有相当大的区别，我从小就着迷于数学和语文。我为什么着迷于这两样呢？因为我始终感到只有在数学和诗学里面，人的精神才能够进入一个比较纯粹的境界，才能把对世界的认知符号化、纯粹化，从而提升之、激扬之。比如，你就是用数学的一些概念，如数字、数量关系，或者形体、形状、相似、相等、不等、互证……这些东西来认识世界的。而且只有在这个很特殊的精神世界里，你才能感觉到这种智慧的光芒，感觉到人类的智慧中有多少奇妙的激情与创造发现。不管你有多少不顺心的事,多少琐碎的事,多少鸡毛蒜皮的事,多少小鼻子小眼、抠抠搜搜的事,一旦进入这个境界以后——那些猥琐的东西没有"入门证",根本进不来——你就只剩下了妙悟、飞升、热泪盈眶;同时你只剩下了智慧,只剩下了推理,只剩下了激情,还有想象,最纯粹的想象。

我想作诗的感觉和解一道数学题的感觉是非常相似的,这种感觉就是黑暗中的寻索与光明照耀的狂喜。我上初中的时候就迷恋这种感觉,后来长大一点,觉得各种数字和形状都是充满感情的。譬如说,当我们说"一"的时候——中国人最喜欢这个"一":一以贯之,"吾道一以贯之",见出这个人的坚决,多么鲜明,又多么忠诚;又如"天下定于一",所以叫"定一"的人特别多,如陆定一、符定一等。有了"一",就有了一切,"道生一,一生二,二生三,三生万物"。后来我觉得许许多多的数学现象,其实都是人生现象,它们反映的是人生最根本的道理。

我最喜欢举的例子是我在北戴河看到的一个捉弄人的、带有赌博性质的游戏:主事者将4种不同颜色的球,红、黄、蓝、白每样5个,总共20个,全部放进箱子里,参与者从里面任意摸出10个球,如果4种颜色的组合是五五〇〇,就能得到一台徕卡照相机,如果是五四一〇,就送你一条中华烟。但有两个组合是你反过来要给他钱的:一个是三三二二,一个是四三二一。结果玩游戏的人到那儿一抓,经常是三三二二或四三二一。这是一个非常容易计算的问题。西安电子科技大学梁昌洪校长是数学家,他把整个的算草都给了我。他还在学校里组织了几百个学生测试,又在电脑上算,结果都一样,就是三三二二和四三二一所占的比率最高,都能占到接近百分之三十;而五五〇〇呢,只占十几万分之一。为这事我还出了硬伤,我说这五五〇〇的概率和民航飞机出事故的概率一样多,结果民航局的朋友向我提出了严正抗议,说民航局从来没出过这么多事故,他们出事故的概率不是十万分之一,可能是千万或者更多万分之一。这也让我长了知识。

三三二二和四三二一,这两个数字组合迷住了我。什么是命运？我觉得"三三二二"或者"四三二一"就是命运。为什么五五〇〇的机会非常少？就是说命运中绝对拉开的事并不常见——一面是绝对的富有,因为五是全部,某一种颜色的球全部拿出来才是五,另一面则是〇,这个机会非常少,十几万个人中就一个。

所以说命运的特点在于：第一,它不是绝对的不公平；第二,它又绝对不是平均的。或者让你三三二二,非常接近,但又不完全一样；或者让你四三二一,每个数都不一样,却又相互紧靠。它们出现的概率非常之大,我觉得这就是概率和命运与上帝的关系,这个命运太伟大了,这就是上帝,至少是上帝运算的一部分。一次,我和美国的一个研究生谈起我的作品,我忽然用我的小学五年级英语讲起这初中二年级的数学,我说这就是God。他说："Eh, I don't like this." 把伟大的上帝说成是数学,他很不赞成,很不喜欢我这样的分析。但我不是说伟大的上帝是数学,而是说数学的规律是"上帝"掌握的,和宇宙奥秘是一样的。

数字哲学

中国人喜欢"一",因为这整个的世界是"一",世界是统一的。郭沫若有句诗非常有意思,"一切的一,一的一切"。到现在我也没完全弄明白是什么意思,但是中文的此种构词方式太棒了。一就是一切,一切就是一,万法归一,一生万物。天下定于"一"。中国文化最讨厌的是"二",比如"二心",如果皇上说你有二心,你的脑袋就保不住了。毛泽东最喜欢的是"二":老蒋说天无二日,我偏要出两个太阳给他看看。这是毛泽东和柳亚子说的话。毛泽东也喜欢"一",当革命没有胜利的时候,他喜欢的是"二",革命胜利了,他喜欢"一"。但是他讨厌"三",没有第三条路线,没有中间路线,第三条路线都是假的。改革开放以后,"三"的地位有点提高。哲学家庞朴提出一分为三。什么意思呢?他举例说,人们常说"一抓就死,一放就乱",一抓就死这是"一",一放就乱这是"二",但是我们追求的应该是"三",就是抓而不死、放而不乱。就是说在"一"和"二"的斗争中要产生出一种新的模式、新的思维、新的生产力、新的生产关系。"一分为三"有一定的影响,但没有得到普遍的响应。我个人很喜欢这个提法。只要承认了"三",就承认了不断出现的新生事物。老子说,道生一,抽象的道变成了一个统一的宇宙;一生二,这个宇宙就变成了矛盾的两个方面;矛盾的两个方面斗争的结果会出现新的东西，既不完全是"一"，也不完全是"二"，那么不断地出现新的东西，就生了万物。所以我个人也有点喜欢"三"。

（选自《读书》，2014年第9期）

【交流之窗】

　　哈尔莫斯说：数学是一种别具匠心的艺术，这门艺术最大的特点就是充满智慧的妙趣横生！王蒙认为数学就是数字的魔方，她闪烁着哲学光华。关于她的魅力，恐怕你只有走近她才能体会到吧？之前，数学于我只是一个独立的学科，可是当我读了王蒙这篇《数学为什么可爱》后，我惊讶地发现，原来数学是全能的！感谢王蒙生动形象而深入浅出的描述，庆幸自己与之相遇，且相见恨晚。开卷有益！你读后，是否增加了对数学的憧憬呢？

简单生出复杂

阿·热

阿·热，美国物理学家，加利福尼亚大学和圣·巴巴拉理论研究所教授。

假定下一届建筑师罗马奖（Prix de Rome）竞赛出的题是设计宇宙。一看是要设计宇宙，许多人大概就会把设计搞得过繁，以便他们设计的宇宙能够展示出各种各样让人感兴趣的现象。

用复杂设计来产生复杂行为并不难。在幼儿时代，当我们拆开一架复杂的机械玩具时，往往能看到隐藏在其内的齿轮迷阵。我最爱看美式足球，因为它丰富多彩。但它之所以这样复杂，是因它的比赛规则大概是所有运动中最复杂的。同样，象棋复杂也是因为它的规则复杂。

自然的复杂是源于简单，这一点已越来越清楚。可以说，宇宙的运行更像东方的围棋而不像象棋和美式足球。围棋的规则很简单，但变化却很丰富。杰出的物理学家谢利·格拉肖把当代物理学家比作并不知道比赛规则的观众。经过长时间的观察和艰苦的努力，这些观众已经看出了一点道道，开始能猜出规则可能是什么样的了。

就像物理学家所看到的那样，自然的规则是简单的，也是难解的：各种规则微妙地搅在了一起。这些规则间的复杂关系在许多情况下会产生奇特的效果。

在美国有一个全国足球联合会，每年它都要开会，对上一个赛季进行回顾并修订比赛规则。这一运动的每个观众都知道，即使只对其中一个规则作看起来无关紧要的修改，都会剧烈地影响比赛的精彩程度。只要稍稍限制一下防守队员对进攻队员的合理冲撞，比赛就会变成是进攻占主导地位了。年复一年，比赛规则一直在更改，以确保攻守间的基本平衡。同样，自然的规律看上去也是作了精巧平衡的。

恒星演化就是这种平衡的一个例子。一个典型的恒星起源于质子和电子气。在引力作用下，这种气体聚成一团，电力与核力在其中进行着激烈竞争。读者大概还记得，电力是同性相斥的，因而质子会因它们之间的电排斥力而相互分开。另一方面，质子间的核吸引力又要使它们聚到一起。在这种争斗中，电力稍稍占了上风，而这一事实对我们来说是非常重要的。如果是两质子间的吸引力要稍强一点的话，它们就会黏到一起并放出能量，接着发生的是剧烈的核反应，恒星的全部核燃料将在短时间内被耗尽。这样就不会发生稳定的恒星演化，更不用说文明了。事实上，核力的强度只足以把质子和中子黏在一起，而不能黏住两个质子。粗略地说，在一个质子能与另一个质子相结合之前，它必须先使自己变成中子。这种转变是受所谓弱相互作用控制的。就像"弱"这个词所暗示的那样，由弱相互作用控制的过程是非常缓慢的。结果是，在一个像太阳那样的典型恒星上，核反应是以稳定的速度进行的。这种炽热的稳定燃烧的火球给我们带来了光明和温暖。

关键点是，与美式足球比赛规则不同，自然的规则是不能任意改动的，它们为同一个普遍的对称性原理所统辖，相互间连成一个统一的有机体。

自然的设计不仅简单而且是最大限度地简单。这就是说，如果设计再简单一点的话，宇宙就会变得单调无味。理论物理学家有时候以设想自然设计的对称性再少一点的话宇宙将会怎样来自娱。这种脑力游戏得到的结果是：为了防止整个大厦坍塌，不能去动其中的任何一块石头。否则，像光从宇宙中消失这一类的事就不是什么玩笑了。

（选自《世界中学生文摘》，2006年第7期）

【交流之窗】

大千世界，芸芸众生，自然将精彩纷呈展现在我们面前，可是，阿·热说，自然的复杂是源于简单而且是最大限度地简单，自然的规则是不能任意改动的，不为尧存不为桀亡，就这么任性！谁说简单即愚蠢？科学复杂深奥，却是从哲学起源，看似简单的哲学其实概括了宇宙中最一般的本质。正如大音希声，最神奇微妙的大自然实则由简易产生。祸福相依，繁简相化，二者并非纯粹对立。大自然恰恰选择了最大限度地简单，因为大自然深谙，过犹不及。

小雁鹅趣事

劳伦兹

康拉德·劳伦兹,奥地利动物行为学家,1973年获诺贝尔生理学或医学奖,著有《所罗门王的指环》《攻击的秘密》《雁语者》《狗的家世》等。

一

今天是个大日子,我已经在我那二十枚宝贝雁鹅蛋上,整整孵了二十九天。我是说,只有最后两天才是我亲自出马,至于之前的二十七天,我则委托我家那只白白胖胖的大白鹅,和另一只同样白白胖胖的母火鸡,来为我代劳。说到孵蛋这码子事,它们俩可就比我称职得多了。直到最后两天,我才从那只白白胖胖的母火鸡臀下,取走十枚灰白色的雁鹅蛋,然后放进我的孵蛋器里。

在这些雁鹅蛋里面一定有大事正在发生,你只要把耳朵贴在上面,就会听到里面传出一阵噼里啪啦的声响,接着便清清楚楚地听见一声轻微的、像笛子般可爱的"哔——"声。过了一个钟头以后,蛋壳上现出一道裂缝,从缝里你可以看见新生的幼雏:鼻尖上还顶着一根乳齿。只见它轻晃着小脑袋瓜,用那根乳齿由里向外去顶那蛋壳,这么一来不但能戳破蛋壳,而且幼雏还借着这个动作让蜷缩在蛋壳里的身躯，能够慢慢地绕着蛋的纵轴旋转。因此乳齿便能继续由里向外，顺着与蛋轴垂直的水平方向，划出一道由一连串破洞连成的线圈，直到这条线的两端衔接起来为止。接着幼雏便借着一个伸展颈部的动作，把蛋壳顶了出去。

它那长长的脖子费力地、慢慢地伸展开来了。这时，细长的脖子看来还无力承受它那颗重重的小脑袋瓜，而且仍然保持着胚胎时的姿势和位置，僵直地向下弯——也就是从它开始成形时，一直处在的那个位置和姿势。如此再过几个钟头，它的双脚才慢慢伸张开来，逐渐变得灵活，肌肉也缓缓变得强壮有力；而维持身体平衡的内耳也逐渐发挥功能，直到幼雏开始能够分辨上下方向，小脑袋瓜也能够随意地挺直为止。

刚从蛋壳里爬出来的小家伙真是丑死了，一副可怜兮兮的模样，而且看起来全身湿答答的。事实上根本没有那么湿，如果你用手去摸摸看，你会发现它只不过有点潮湿罢了。它那一身稀疏的绒毛之所以给人一种湿漉漉、黏答答的印象，主要是因为它们还紧紧贴黏在一起，被一层极薄的蛋膜包住了。这层蛋膜的厚度不会超过一根头发的直径。

初生的毫毛因为被这层富含蛋白质的薄膜覆住了，因此一绺绺地黏在一起，这样才不会占用很多空间。一旦这层蛋膜变干了以后，它就会分解成粉末状，让原本聚拢在一起的初生毫毛伸张开来。更正确的说法是：这些毫毛并非后来才变干的，事实上它们从一开始就是干的，只是它们被一层蛋膜包住了。这层蛋膜还可以防止蛋中的水分渗入，起到保护作用。

二

挣破蛋膜的功夫当然要靠新生幼雏自己的力量去办到了：小雁鹅或是靠在兄弟姐妹身上，或是贴在母亲的腹毛上，逆着羽毛生长的方向不断地摩擦。从孵蛋箱里孵出的雁鹅，也就是我的第一批雁鹅，由于少了这一道摩擦的手续，它身上的那一层蛋膜保持得比通常更久。

我的第一只小雁鹅就是这样降生到世界上的。接下来，我便把它放在一个暖枕下，用它来取代鹅妈妈温暖的腹部，耐心地等待它变得足够强壮，能够自己把脑袋瓜挺直，并且能够自己跨出几步。

这只小雁鹅也用一只眼睛定定地凝视着我，因为它想把我看个仔细。这只小雁鹅就这么久久、久久地凝视我。

当我开始移动、准备说话时，它便突然从全神贯注的紧张状态松弛下来，于是小家伙便开始跟我"打招呼"：它的脖子伸得长长的，说起话来又急又快，用的是雁鹅那种多音节的招呼声。虽然它才刚刚出生，可是声音听起来非常细腻动人。它打招呼的方式就像一只十足的成年雁鹅，宛如一生当中已经千百遍做过同一件事了，而且都是以同一种方式。就算是最精明的行家，也看不出来这是它生平第一次做这样的事。直到这时，我仍未意识到，经过小黑眼珠这么一番打量，加上我轻率的发话引来这一阵热情的问候，我已经把一件沉重的任务揽到自己身上了。

我本来打算把这只由母火鸡帮忙孵出的小雁鹅,托付给前面提过的那只大白鹅,虽然它只帮忙孵了十枚蛋,但是要照料二十只小鹅倒也难不倒它。当我的小雁鹅终于结束热情问候时,那只大白鹅也刚好孵出了另外三只小雁鹅。于是我把第一只小雁鹅也带到花园里,因为那只大肥白鹅就坐在狗窝里。"沃菲一世"才是这狗窝的合法主人,谁知竟被大肥白鹅老实不客气地给赶跑了。我把我的小雁鹅轻轻地放在大白鹅柔软温热的腹下,我还以为这么一来就尽到了责任,哪知完全不是这么一回事。

我坐在狗窝前(现在应该叫作鹅巢)练习静坐。过了几分钟,当我正进入喜乐的冥想境界时,突然从大白鹅腹下响起了一阵轻微的叫声,好像在询问什么似的:"vee-vee-vee-vee?"这时大白鹅便以安抚的口气回答它(当然是用它自己的腔调啦):"哥安—哥安—哥安。"凡是明理的小鹅,一听到这种回答都会立刻安静下来;可是我的这只小雁鹅不但没有安静下来,反而急急地从大白鹅温暖的羽毛下钻了出来,用一只眼睛直直地仰视着它的养母,接着便放声大哭地跑开了:"普嘘普—普嘘普—普嘘普。"这声音听起来就像是小雁鹅"遭到遗弃时的悲鸣",任何离巢的小鸟都会发出类似的声音。

只见这可怜的孩子伸长了脖子,一路哀哀悲泣着,走到大白鹅和我之间。这时我稍微动了一下,没想到这孩子便立刻停止哭泣,且拉长了脖子向我这边冲过来,热烈地跟我打招呼:"vee-vee-vee-vee。"

那场面实在令人感动，不过我还是无意扮演鹅妈妈的角色。因此我一把抓过这孩子，把它塞回大白鹅腹下，撒腿便跑。我跑了不到十步远，就已经听到身后又是一阵："普嘘普—普嘘普—普嘘普。"那可怜的小家伙竟然不顾一切地奔了过来。这时它根本还不会站，身体只能撑在脚后跟上，就算是慢慢走也还不是很稳，脚步摇摇晃晃的。可是因为情况紧急，它便使尽吃奶的力气拼命跑，简直就像子弹发射般的迅捷。

我做出一副好像是我收养它，而不是它收养我似的神色。我让它受洗礼，并给它取了个名字叫作"玛蒂娜"。

三

那一天，我的日子过得就像一只鹅妈妈。我带着它到一片青嫩柔软的草地上玩了一天，我成功地说服这孩子：切碎的鸡蛋加上荨麻很好吃。而这孩子也很成功地教会了我：我一分钟也别想丢下它自个儿走开，至少目前是完全不可能的。只要我稍微走远一点，它就立刻陷入绝望的恐惧之中，并且撕心裂肺地大哭。试了几遍之后，我不得不投降，只好动手编了一个挂篮，好把它随时带在身边。这样，至少当它睡着的时候，我还有可能自由走动。

但是小雁鹅真正睡着的时间并不长，常常是时睡时醒。白天的时候，我还没怎么注意到；可是到了晚上，我就不得不注意到了。我特地为这孩子准备了一个温暖舒适的摇篮，对某些离巢幼雏而言，它确实可以取代母亲温暖的胸膛。那天晚上很晚的时候，我把小玛蒂娜轻轻放在暖和的暖枕下，它立刻满足地发出一阵急促的呢喃声，那声音听起来就像是"唯咿儿……"，对小雁鹅而言，这种声音就表示它想睡了。我把装着保温摇篮的箱子搁在房间的角落里，然后自己才上床睡觉。

就在我迷迷糊糊快要睡着的时候，突然听见小玛蒂娜又轻轻地发出一声瞌睡的声音："唯咿儿……"这下子我却睡不着了，因为它接着又发出一声比较响的声音，好像在询问什么似的："vee-vee-vee-vee？"瑞典女作家拉格罗夫那本精彩的著作《尼尔斯骑鹅旅行记》，对我的童年产生很大的影响。书上极为准确地把这种表现情感的声音，以一种天才的设身处地的方式翻译成："我在这里，你在哪里？"

人类的小孩在哭泣时，嘴角会往下撇，下唇会向外翻；小雁鹅哭泣时，则是拉长了小脖子，头顶的羽毛也会跟着竖起来，接下来便是一阵尖细又刺耳的"普嘘普—普嘘普—普嘘普"。于是我不得不爬下床来，走到它的摇篮旁边。听到我走近的声音时，玛蒂娜立刻发出一阵幸福而又满足的"vee-vee-vee-vee"声。如果我不想办法，让它觉得自己并不是孤零零被人丢在黑暗之中，恐怕它就要没完没了地哭个不休了。我把它轻轻地移到暖枕下面，听着它安详地发出一阵阵"唯咿儿……"的轻微叫声，接着很快便睡着了——我自己也是。

可是不到一个钟头，大约十一点半的时候，它又发出那种询问的声音："vee-vee-vee-vee？"于是上面描述的那种过程，又丝毫不差地重复了一遍。差一刻十二点钟时又一次，一点钟又一次……差一刻三点钟时，我想彻底把这个问题一次解决，于是把摇篮搬到床头伸手可及之处。三点半时，它又如预期般地再度发出"我在这里，你在哪里？"的询问声，这时我便以我那一口蹩脚的鹅语回答它，"哥安—哥安—哥安"，并轻轻拍了拍盖在它身上的那个暖枕。于是玛蒂娜满足地说："唯咿儿……"那意思是："我要睡啰，晚安。"

到了清晨的时候，由于天色渐亮，就连我的"哥安—哥安—哥安"和拍枕头这一妙招也不再管用了。在白天较亮的光线照射下，玛蒂娜发现那枕头并不是我，于是又哭了起来。请你想想看，若有一个惹人怜爱的小娃儿在清晨四点半钟哭了起来，你会怎么做呢？一点儿也不错，你会一把将他抱过来，放在身边，然后恳求老天爷：就算是天上的天使起码也还能再睡上个把钟头吧！老天爷果然不负所求，于是你又舒舒服服地睡着了，直到……是的，直到你身边突然湿冷了一片。但是我的小玛蒂娜从不曾给我带来这种困扰。只要一只小雁鹅是处在"我在妈妈怀里"的心情下，它会非常乖巧，非常守规矩。可是当它醒来想要下床时，当然你就得尽快把它带出去。

四

玛蒂娜真是非常的乖巧，虽然它一刻也不能没人陪着，但是它的个性一点儿也不顽固。我们必须知道，像这样一只幼雏，如果失去了母亲和兄弟姐妹，在野外的狩猎场上通常是必死无疑的。从生物学的观点来看，这一点是很有意思的：这么一只迷途的羔羊，既不思茶饭，也不思睡眠，用尽全身的力气发出求救的呼唤，只盼能把失散的母亲找回来；如果找不回来，它会一直哀泣到声嘶力竭、心力交瘁为止。

如果你有一群彼此往来密切的小雁鹅，只要经过一番训练，它们会慢慢习惯独处。反之，从出生起即已离群的小雁鹅一旦落单，就会哭泣至死。

对孤独的这种本能的排斥，把玛蒂娜牢牢绑在我身边。我走到哪儿，它就跟到哪儿。如果我坐在书桌旁边工作，让它躺在我的扶手椅脚下，它就很满足了，一点儿也不烦人。每当它用那种表现情感的语言孜孜不倦地探问着："是否你还在那里，而且还活着呢？"只要我出声回答它，哪怕只是口齿不清地胡乱嘟囔一句，它就很满意了。白天时，它大概每隔几分钟就要问一次；到了晚上，则是每隔一小时问一次。我相信，碰到这么黏人的小雁鹅，任何人都会心生爱怜和感动的。

你看，它迈着小小的步伐，亦步亦趋地跟在你身后，一副神气活现的逗趣模样。你一不小心走太快了，它便使劲地快跑；为了追上你，它连翅膀都张开了，恨不得多生两条腿，好让速度能够加倍。有时候，它会因为担心被你遗弃而哀哀悲鸣，就像小娃儿因为父母不在身边，而发出让人心神不宁的哭声一般，你一听见就忍不下心，立刻会从房里冲出来安慰它。一见你赶到身边，它便高兴得热烈欢迎你，一连串没完没了的热情问候，真会让你不由得感动莫名。

为了玛蒂娜，我不得不担任鹅妈妈的角色，可是我不想再认养其他九只小雁鹅了。它们在接下来的两天之内陆续出生,一等它们从母火鸡的臀下爬出来,我便立刻按照原定计划,把它们塞到大白鹅的巢里。于是,虽然是同一窝孵出的小雁鹅,可是其他九只便不像玛蒂娜这么难缠;就算我(它们也一样把我当成妈妈)没有一直陪在它们身边,它们也不会表示强烈的不安。

(选自《所罗门王的指环》,中国和平出版社,1998年版)

【交流之窗】

要是你想认识并了解一下雁鹅,打开搜索引擎,输入"雁鹅",互联网会全面地为你描绘,可是终究没有劳伦兹亲自孵化、观察并且像妈妈那样照顾一只小雁鹅的经历来得那么温暖!是兴趣成就了劳伦兹。

劳伦兹用温柔动人的文字记述了自己收养小雁鹅"玛蒂娜"的故事。在作者的笔下,初生的玛蒂娜像是一个惹人爱怜的乖巧孩子,让人在阅读中忘却了人与动物的物种界限,全身心沉浸在这样一个自然与人和谐共处的温馨故事里。我们得以与玛蒂娜久久对视,从它乌黑干净的瞳仁中,悟出自然的真谛,聆听生命的赞美诗,感受它给予我们最原始而动人的灵魂洗涤。没有人能拒绝它安详满足的睡前呢喃,没有人能拒绝它惶恐不安的依偎,没有人能拒绝它天使般的呼唤,呼唤我们灵魂深处的纯真。

每个生命都是自然的孩子，每个灵魂都是天赐的诗！科学探索与生命研究的过程中不应只有冷静理性的数据，更要有人性崇高的爱与温情！

第一编
科学趣味

在没有重力的厨房里做早餐

别莱利曼

别莱利曼(1882—1942),生于俄国格罗德省别洛斯托克市。科普作家。

"朋友们,大家都还没有吃早点吧,"米歇尔·阿尔唐向星际旅行途中的同伴们说,"虽然我们在炮弹车厢里失掉了重力,但是总不见得连食欲都失掉了吧。朋友们,我准备给你们做一顿没有重力的早餐。这份早餐里的菜一定是世界上所有的菜当中最轻的几道。"

不等同伴们回答,这个法国人就动手工作起来。

"我们的水瓶怎么好像是空了,"阿尔唐一面摆弄那个拔去了塞子的大水瓶,一面自言自语地抱怨着,"你骗不了我的,我知道你为什么这样轻……塞子已经拔掉了,快让里面没有重力的东西流到锅里去吧!"

可是无论他怎样把瓶子放倒,水总是不流出来。

"别费事了,亲爱的阿尔唐,"尼柯尔出来帮助他说,"你应当懂得,在我们这个没有重力的炮弹车厢里,水是流不出来的。你得把它从瓶里抖出来,像抖浓的糖浆一样。"

阿尔唐略微想了一下,就用手掌在那个瓶口朝下的玻璃瓶底上拍了一下。却又奇怪,瓶口上立刻胀出了一个像拳头一样大的水球。

"我们的水变成什么啦?"阿尔唐惊奇地说,"这简直是太出乎意料了!有学问的朋友们,请给我解释一下,这到底是怎么一回事?"

"亲爱的阿尔唐,这就是水滴,简单的水滴。在没有重力的世界里,多大的水滴都会有的……你要记住,流体只有在重力的影响下,才会同容器的形状一样,才会成股地往外流。因为这里没有重力,所以流体就只受它自己的分子力支配,形成球的形状,像普拉图的有名实验里的油一样。"

"我不懂什么普拉图和他的实验!我的职务是烧开水做汤。我敢发誓,什么分子力也不能阻止我!"这位法国人急躁地说。他开始用力把水倒在那在空中飞着的锅上面——可是好像所有的一切都商量好在反对他。一些很大的水球来到锅上以后,就很快沿着锅面滚了开来。事情并没有完:水又从锅的里壁越到外壁,顺着锅壁散开——于是很快这口锅就好像罩上了厚厚的一层水。在这种情况下要把水烧开自然是不可能的。

"这是一个非常有趣的实验,它证明了内聚力是多么强大。"沉着的尼柯尔镇静地对怒气冲冲的阿尔唐说,"你不要激动,要知道这只是液体润湿固体的普遍现象,不过,在这里没有重力来阻止这种现象全力发展罢了。"

"没有重力来阻止它,那真是该死!"阿尔唐反驳说,"不管它是不是液体润湿固体的现象,我的水总得在锅里煮,而不能在锅外煮。这真是新鲜事儿!在这样的条件下,无论哪一个厨师都无法做出汤来的!"

"如果这种润湿现象妨碍你,你也可以用一个简单方法防止它,"巴尔比根站起来安慰他说,"在物体上面涂即使薄薄的一层油,水就不能润湿它,这一点你还记得吧。你只要在锅的外面涂上一层油,就可以把水留在锅里了。"

"好极了!这才是真正的学问,"阿尔唐一面照着做,一面高兴地说。然后他就开始在煤气炉上烧水。

不料阿尔唐又遭到了反对。煤气炉也跟他开起玩笑来了:暗淡的火焰燃烧了半分钟以后,不知什么道理就熄灭了。

阿尔唐在煤气炉旁边忙碌着,耐心地照看着火焰,可是白忙了一阵,火焰还是燃不久。

"巴尔比根!尼柯尔!难道就没有办法叫这固执的火焰按照你们的物理学原理和煤气公司的章程燃烧起来吗?"这位垂头丧气的法国人向朋友们求救了。

"可是这里也没有什么异常的意外事情,"尼柯尔解释道,"这火焰正是按照物理学的原理燃烧的。至于煤气公司……我想,假如没有重力的话,它们早已破产了。你知道在燃烧的时候,会产生一些不能燃烧的气体:二氧化碳和水蒸气。通常这些燃烧生成的产物是不会逗留在紧靠火焰的地方的:因为它们是热的,因而也是比较轻的,所以会被四面流来的新鲜空气排到上面去。可是这里没有重力,因此燃烧生成的产物就逗留在它们产生的地方,在火焰周围形成一层不能燃烧的气体,阻止新鲜空气同火焰接近。就是这个缘故,火焰在这里会燃烧得这样暗淡，会熄得那样快。要知道灭火器的作用也是这样，用不能燃烧的气体来包围火焰。"

"照你这样说，"阿尔唐插嘴说，"如果地球上没有了重力，那就不必要灭火队了。失了火会自己熄灭，是不是？"

"说得对，的确是这样。不过现在我们来帮助你，请你把火再点起来，然后向火焰里吹气。我相信，我们是能够用人工吹风法来使火焰像在地球上一样燃烧起来的。"

于是，他们照这样做了。阿尔唐点着了火以后就动手做饭，同时好像有些幸灾乐祸地看着尼柯尔和巴尔比根两人轮流地吹火和扇火，让新鲜空气不断地流到火焰里去。在这位法国人的内心里，认为"这许多麻烦"全是他的朋友和他们的科学召来的。

"你们这样吹风有些像在工厂里的烟囱所做的工作，"阿尔唐带点讥诮的口吻说，"我非常可怜你们，我的科学家朋友们，可是如果我们想吃一顿热的早餐，那就一定得服从你们的物理学的命令。"

可是时间一刻钟、半小时、一小时过去了，锅里的水竟没有开的意思。

"你得有些耐心，亲爱的阿尔唐。普通有重力的水开得很快，你懂得是什么缘故吗？那只是因为锅里的水在发生对流作用：底下的一层水热了就变轻，被冷水排向上面，结果全部的水就很快达到了高温度。你有没有做过从上面而不是从下面来烧水的事呢？这时候各层水就不会起对流作用，因为上层烧热了的水只能留在原处。水的传热作用是很小的，上层的水甚至已经达到沸点，下层水里可能还有没有融化的冰块。可是在我们这个没有重力的世界里，无论在哪一面烧水都一样：锅里不会发生水的对流，所以水应该热得非常慢。如果希望水热得快，你就应该不时搅拌水。"

尼柯尔又告诉阿尔唐，不要把水烧到100摄氏度，而要烧到稍微低一些的温度。在100摄氏度的时候会产生许多水蒸气，而水蒸气在这里同水的密度相同（都等于零），会混合在一起，形成均匀的泡沫。

接着豌豆又意外地捣起蛋来。当阿尔唐解开麻袋轻轻地用手扒了一下的时候，豌豆就向四周散开，开始在车厢里无休止地飘来飘去，碰到墙壁又弹了回来。这些飘着的豌豆差一点闯了一个大祸：尼柯尔在无意中吸进了一颗豆子，使他不断地咳嗽，几乎噎死。为了避免发生这种危险和澄清空气，我们的朋友们都热心地用网捕捉飞豆，这网是阿尔唐预先带在身边，准备到月球上去"采集月球上的蝴蝶标本"的。

在这样的条件下，做饭真不容易。阿尔唐肯定地说，就是最有本领的厨师到这里来，也是不会有办法的，这句话真不假。在煎牛排的时候，也忙乱了一大阵：得始终用叉子把牛肉叉住，不然的话，在牛排下面出现的油蒸气的压力会把牛排推出锅去，使没有熟的牛排向"上面"——姑且使用这两个字，因为在这里是没有"上面"和"下面"的——飞。

在这个没有重力的世界里，就是连吃饭这件事本身也是一种奇怪的景象。朋友们用各种不同的姿势悬在空中，怪好看的，可是时时刻刻发生着彼此撞头的事情。坐下来当然是不可能的。像椅子、沙发、板凳之类的东西，在没有重力的世界里是完全没有用处的。其实桌子在这里也完全可以不用，要不是阿尔唐坚持一定要在"桌旁"吃饭的话。

要烧熟肉汤已经很不容易，可是要喝肉汤比这还要困难。一开始要把没有重力的肉汤分别倒在几个盘子里，怎样也不能成功。阿尔唐为了这件事几乎空忙了一个早晨，他忘记了肉汤是没有重力的，怀着烦恼的心情把锅底朝天翻过来，以便把固执的肉汤赶出锅外。结果，锅里却飞出了一个很大的球形水滴——丸子样的肉汤。这真需要阿尔唐显出魔术师的手段，才能十分困难地把这熟肉汤丸子再捉回来，放进锅里。

试用羹匙来舀汤，也没有得到结果：肉汤把整个羹匙一直到手指全都打湿了，并且密实地盖在上面。阿尔唐把油涂在羹匙上，以便防止这种润湿现象。可是情况并没有好转：肉汤在羹匙里变成了小球，并且无论怎样也不能把这没有重力的丸子顺利地送进嘴里。最后还是尼柯尔想出一个办法，解决了这个问题：他用蜡纸做了些纸管，大家用蜡纸管吸肉汤，才算把它喝到了。我们的朋友们后来在旅途中，总是使用这种方法来喝水、喝酒和喝不论什么样的液体的。

（选自《趣味物理学（续编）》，中国青年出版社，1996年版）

【交流之窗】

在没有重力的厨房做早餐，会有阻力！每一个小插曲都反映了一个有趣的物理原理！原来重力对我们那么重要！如果没有科学家的努力，怕是无法体会失重的真切效应吧！文章以大量的笔墨描写场景，通过阿尔唐的顾此失彼的动作反应和周围朋友的及时解说，将太空中做饭吃早餐的情景写得活泼生动，妙趣横生。小说节选部分主要讲的是水，作者由浅入深地阐释了重力、分子等相互作用的一系列科学原理，可见，单单是喝水、做饭这样平常简单的事，都是人类征服太空过程中所必须面对与克服的困难。科学需要脚踏实地，在发展科学技术的时候，我们就应当像阿尔唐一样敢于实践，提出疑问，并像尼柯尔、巴尔比根等人一样执着于探索事物背后的原理。只有将每一个细节都处理好，人类才能真正地迈出自己的下一步。

● 理性之光

恐龙愚蠢吗？

斯蒂芬·杰·古尔德

斯蒂芬·杰·古尔德（1941—2002），世界著名的进化论科学家、古生物学家、科学史学家和科学散文作家。

19世纪恐龙的发现，成了一个典型的案例，说明身体的大小与聪明之间的反比关系。恐龙脑子很小，身躯庞大，是笨拙愚蠢的象征。它们的灭绝似乎只说明它们的身体构造有缺陷。

我在这篇文章中所支持的修正主义解释，并没有把恐龙捧为才智非凡的典范，但是却认为恐龙的脑根本就不小。

就具有那么庞大身躯的爬行动物而言，恐龙的脑"正好"。

亨利·杰里森研究了10种恐龙的脑，他发现它们非常符合我们根据爬行动物推导出的曲线。恐龙的脑并不小，与它们这么庞大的爬行动物相比，脑的大小正好。远远大于帕克太太解释恐龙时估计的脑量。

杰里森在研究时，并没有对不同种类的恐龙做一下区分。他研究的10种恐龙分别属于6大类群，不太适合相互比较。最近，芝加哥大学的詹姆斯·A.霍普森收集了更多的资料，得出了一个令人满意的结果。

霍普森没有适合所有恐龙的统一标准。因此，他针对每一种恐龙，比较了和我们预期体重相当的爬行动物的平均脑重。如果恐龙的脑重正好在标准的爬行动物脑重曲线上，那么它的脑值为1.0（叫作脑化系数，或EQ，是实际脑重与相同体重爬行动物的标准脑重比）。如果恐龙的脑重位于曲线上方（比相同体重的标准爬行动物的预期脑量还要重），EQ值大于1.0，位于曲线下方的EQ值小于1.0。

霍普森发现，主要恐龙类群的EQ值都高于平均值。这种情况与推断出的恐龙具有快速的奔跑速度、灵活性和进食中的复杂行为（或逃避被捕食）非常符合。巨型的蜥脚类雷龙及其近亲的EQ值最低，为0.20—0.35。它们的活动一定很缓慢，没有很大的灵活性；它们可能仅仅仰仗庞大的身躯来防止被捕食，就像今天的大象一样。接下来就是有甲壳的甲龙和剑龙，它们的EQ值为0.52—0.56。这些动物有沉重的甲壳，大概主要用于被动防御，但是，甲龙棒状的尾和剑龙短剑状的尾可能是用于主动搏斗的，从而使它们的行为具有一定的复杂性。

接下来的是角龙类，它们的EQ值为0.7—0.9。霍普森认为："大型角龙类头上有角，主要采用主动防御的策略，它们在避开捕食者和种类竞争者时，大概比用尾巴作武器的恐龙需要更大的灵活性。小型的角龙类没有真正的角，大概要靠敏感和快捷来逃避捕食者。"鸟脚类（鸭嘴形恐龙及其近亲）是脑最大的草食类，EQ值为0.85—1.5，它们靠"敏锐的感觉和快速的奔跑"逃避肉食类。快速的奔跑大概需要比原地防御更敏锐、更灵活。在角龙类中，原角龙身体小，没有角，或许跑起来很快，它们的EQ值要比头上有三个角的三角龙更高。

肉食类恐龙比草食类恐龙的EQ值高，这和现在的脊椎动物一样。抓获迅速奔跑或顽强抵抗的猎物，要比摘采静止的植物需要更多的智力。巨大的兽脚类（霸王龙及其近亲）的EQ值从1.0至大约2.0。EQ值最高的恐龙，是体型不太大、好动的腔骨龙类中的窄爪龙，它们的EQ值高达5.0。窄爪龙要捕捉快速奔跑的猎物，其中包括小型哺乳类和鸟类，因此无论在发现还是捕捉到猎物方面，都要面临比霸王龙抓到三角龙还要大的挑战。

但是最能说明恐龙能力的、可能也是最常被引为对它不利的事实——它们死亡了。在许多人看来，灭绝含有太多的含义，就像人们最近赋予性很多含义一样；性是一个相当有争议的问题，经常发生，但每个人的看法又不同，而且确实没有合适的圈子来讨论。但是灭绝像性一样，是生命不可缺少的一部分。灭绝是所有物种的最后归宿，并非只有身体构造式样不佳的不幸生物才灭绝。灭绝不是失败的标志。

恐龙最明显的特征不在于它们的灭绝，而在于它们在地球上主宰的时间太长。恐龙统治了1亿年，而那时的哺乳动物还是小型的动物，一直生活在恐龙世界的缝隙之间。哺乳动物占据统治地位7000多万年后，我们有了出色的成绩和美好的前景，但是我们哺乳动物现在并没有恐龙统治地球的时间长久。

这样看来，人类简直不值一提，就是从南方古猿算起，也才有500万年的历史，而我们这个种，智人种，仅有5万年的历史。用我们的价值系统试图做一个最终的测验吧：谁敢打赌说智人种会比雷龙生存的时间长？

（选自《熊猫的拇指》，生活·读书·新知三联书店，1999年版）

【交流之窗】

　　一只恐龙蠢不蠢，大概很少有人去想这个问题，可是这难道不是个很有趣的问题吗？尽管恐龙最终灭绝了，可是，灭绝是所有物种的最后归宿。斯蒂芬·杰·古尔德根据杰里森等人的研究认为，恐龙并不蠢！如果我们单凭恐龙灭绝这一事实而认定恐龙身体构造有缺陷，真的是有些武断的。从后来的科学研究可以发现，恐龙的大脑与身体是完美的契合，这样的契合不仅使身体更加灵活，而且使他们更加敏锐、机警。就恐龙在地球上存活1亿年这一事实，人类与之相比，实在是小巫见大巫啊！

　　这篇小文章让我感到：要从多角度认识分析、客观公正地看待事物，这样才能把握全局，弄清事物的本质与真相！

第二编
科学本真

⊙秦秋寒印

科学以其本真的力量,将人类社会带入一个全新的文明时代。科学的发展从本质上改变了人类的生活方式。

中科院量子科学实验卫星先导专项首席科学家、中国科技大学量子隐形传态研究项目组主持人潘建伟说,"我们应当敬畏科学本真的力量,科学让我们能够坦然面对命运所施予的各种不幸、痛苦,让我们对生活抱以无条件的热爱与信任。"

科学是什么,不同的人给了不同的答案。尼采说,科学其实是一种社会的、历史的和文化的人类活动,它是在发明而不是在发现不变的自然规律;达尔文说,科学就是整理事实,从中发现规律,做出结论;而如果你读了阿西莫夫的《科学是什么》,就会觉得,科学是使人心安的一种判断问题、解决问题的生存智慧。因为处在现代社会的人,如果对科学一无所知,一定会觉得不安,感到没有能力判断问题的性质和提出解决的途径。

科学的根本精神在于求真理。在任何情况下,都能坚持科学真理,也许比发现真理更艰难。

那么作为一本与科学有关的读本,我们当然要在本编带领大家一起就科学内涵与外延作一些浅显的探寻,对科学发现与科技发明的界限进行一点常识性的普及，还希望唤醒读者辨识真科学、伪科学以及反科学的意识，因为我们正面临一个泥沙俱下的时代，是科学高度发展的好时代，也是伪科学无孔不入的坏时代。科学现象也许是远近高低各不同，但科学的本真告诉你，庐山终究只有一座；科学告诉你，大自然有其不以人的意志为转移的本真与坚定，无论显或隐，就像爱因斯坦所言，一定有什么东西深深地隐藏在事情后面。那么是什么东西呢？当然是规律！是真相！是科学的本真！通向真相的路径往往百转千回，可是再遥远的距离也未能阻碍人类追求真理的脚步。21世纪需要解开的许多科学谜团一直激发科学家们的热情，世界就在这种热情的推动下，不断向前。

● 文学之花

题西林壁

苏 轼

苏轼,字子瞻,号东坡居士,北宋眉州眉山人,著名文学家、书法家、画家。

横看成岭侧成峰,远近高低各不同。
不识庐山真面目,只缘身在此山中。

【交流之窗】

无论怎样"远近高低各不同",虽然角度变了,但庐山依然是庐山。我们在观察事物时,既要考虑观察的角度,同时也要尊重事物的本质特点。

问候天空

简 媜

简媜,台湾实力派女作家。著有散文集《红婴仔》《水问》等作。

曾经,在课堂上老师口沫横飞地叙述一个古老的神话:一个不自量力的人疯狂也似的追着太阳,终于活活渴死。记得当时自己是个乖乖的女学生,文文静静地专心听讲,照理应该提笔在书页上记下"不自量力"的教训才是。可是,却有一股莫名的情愫在我心底涌出,便锁着眉悼念那位名叫夸父的人。如果他不渴死,一定可以追得到太阳。我想。

某一个夏日的下午,有风。我之所以记得这么清楚,乃是因为这个下午开启了我万里胸怀的豪情,像一把钥匙。我不记得哪一年哪一月哪一日,只记得自己还很年轻。

天空大大方方地蓝着,在无际的绿稻平原之上。就像夜晚灯下变化多端的蓝色晶体,总让人觉得神秘。可是还不至于深不可测到像一本有字天书。天书有的有字,有的没字,对我而言,无字天书是比较好懂而内容丰富些。读有字天书需要一等的智慧,读无字天书,则需要一等的心情。那天下午,我读的是一本全开蓝底没有封面的无字天书。踩着脚踏车,左看、右看、上看、下看,反正没有字里行间。书名叫"天空"。

蓝色令我心旷神怡,让我想笑。而远远天边堆垛的云朵,则让我向往,让我想跑。

蓝的天空与白的云,向来是大自然最活泼、亮丽的打扮,像个热爱自由的少年,当然,也十分热情。每次看到那么亮蓝的天空与洁白的云在平原之上耳语时,我的心情就倏地开朗起来。抖落凡间俗事,不再关心计较杂务种种,只是想笑、想跑、想攀登那仰之弥高的云之山峦。对我而言,我最向往的山峰,即是最高的山峰,与实际高度无关。云,即是高高的山峰,高到只能用眼睛去攀登。我向往有一天能躺在云峦那柔柔的曲线里睡一个宁静的午觉。这说来可笑,但我无法禁止自己在看到云朵时不兴起这样的念头。于是,望天的脸庞虽是充满喜悦与笑容,望云的眼神,则是永远不见答案的天问。

那天,看不见阳光,天空是带着神秘的温柔。而云,那真是诱惑。一团团地,像一头撞进太阳的怀里般,沾着粒粒金粉。天边成群的云山云海,则干脆把太阳搂入软绵绵的怀里,云端四周就多了一层薄纱似的淡金黄色的镶边。只看见太阳赤裸的脚趾在云中伸动,看不见她那张陶醉的得意脸蛋。一切变得神秘,令人愉快的神秘。

我骑车弯进路头,那样的下午只能用来唱歌,歌词里有阳光、绿叶、飞鸟,车轮碾歪碎石的声音是伴奏,风在和音。我弯进路头,眼睛一下子亮了起来:看那么宽阔的石子路直直地延伸着看不见尽头,只中间打了几个小折。看蓝得水水的天，看一团白云恰好在远远的路边的一家农舍的竹丛上头，好像不小心被竹子钩住跑不掉似的。我爱这样宽阔的平野任我一个人乱闯的那种感觉；我爱心房的栅栏一下子撞破了，兴奋的触须痒遍全身的那种激情；我爱这广阔天地只属于我一人的狂想，我也爱风在耳边激动地呼啸，把我的头发梳成虬结的团线的那种痛快。一心一意，我要追赶那团云，趁她还未解掉竹钩时，一头钻进她那如棉如絮又如春日海水的胸怀里。车在颠簸，心也在颠动。恨不得有一双长臂，两手一伸一揽，收集天上所有的云朵，堆成一张弹簧床，轻轻拍一拍，纵身便依偎了进去。于是，我加快速度，决心要追赶那云。啊！云，我的故乡！

第一次，我惊觉到自己有着夸父的血统。

然而云是愈追愈远了。农舍经过了，才发现她在河的对岸平原上。想必是她伶手俐脚地，竹钩上一条云丝也没留下地溜了。不知道当初那个被追的太阳是否曾在长河平野上踏下几个慌张的脚印？也许，云本是行于天上的，不似太阳有火轮般的脚，所以不会下凡来领受我的盛情美意，不过是我的错觉罢了。只是，这错觉未免太美了点。

如果，蓝天是一本无字天书，云必是无字的注脚，而我急速的车痕翻译云的语言于路面上则是最新出版的注疏。天空以变幻的蓝色铺叙，云以干净的手法描绘，然后交给我的眼睛去印刷，我们都在叙述一个夸父的故事。那个古老却仍年轻的神话。

我读懂了这一本无字天书。

从此热爱天空。无论何时何地,总献上我舒畅的笑声与问候的眼神。

后来,我的走姿变了。低着头,不理一切。凡尘太多,把我的心房占得客满。我很少再去关切天空。那时候,我几乎不再读云,曾经,我认为她是诗的放牧者。也不再殷殷探询季节的消息,曾经,我羡慕她是天庭的流浪汉。她的行囊里该有许许多多想象与美合着的故事,而我不再是爱听故事的少年。没有人能懂我望云的眼神。那时,天空是阴的。

梅雨开始,形成雨季。雨连续着,以一种无奈的落姿。日子开始有霉味。如果是一场滂沱大雨,倒还痛快,最怕的是有一搭没一搭的雨丝,像是乌云对大地不休地诉苦,无可奈何地。断断续续的雨,就如断简残编:不成句的字,不成字的笔画,组成一篇难懂的文章。诉得出的苦其实不是苦,诉不出的苦,方是真苦。云的倾诉,向来谁也不懂,大地不爱做考据。

生命的历程中,其实也有雨季。所有的豪情壮志都在一刹那间被打湿了,像湿了翅膀的鹰,沮丧地凝望阴霾的天空,想要振奋,却挣不断细细密密的网丝,想要展翅,却甩不掉羽翼上凝聚的重露。乌云至少还有大地可泄漏,不管懂不懂,泄完了,雨季也就过去了。而无处可诉的苦,日积月累地便在内心形成阴沉的气候,形成没有阳光的一方天空。最悲哀的是,明明心里延续着梅雨,脸上却必须堆积着虚伪的晴朗。生命之中,总难免有这样的季节。

等待阳光，是最折磨的等待。却又不甘心终日梅雨。有一天，路过淡水，见平畴绿野之上，太阳在一堆泼墨也似的乌云之中挣扎。时灭时显的光线，在天空中挣脱着要出来。我突然惊讶，内心深深地感动着。大自然总是无时无刻不在教我认识世界，传授给我力量新生的秘诀。天下没有永远阴霾的天空，只要让生命的太阳自内心升起。我感受到日出的惊喜。

于是，我想起夸父，觉得他与我是如此的亲近。我聆听那血液在我体内窜流的声音，并感受到有一股蛮不讲理的生命力，在我的心里呼啸着，说要霸占整个春天。

（选自《水问》，九洲图书出版社，2000年版）

【交流之窗】

作者在问候探访美丽天空的同时，亲密拥抱自然，由点延展到线；又将自然中体味的酸甜苦辣咸融入了人生，线又变为平面；每个阶段的人生又组成了立体的世界，层层递进，由浅入深。遇到的美景不可轻易放过，人间之美难再重来。这便是自然教给作者极其珍贵的一点。梅雨之季，乌云密布，但天下没有永远阴霾的天空。亲近自然，自然会给我们无穷的馈赠，自然用她的真实引导我们回归本真。

● 理性之光

科学是什么

阿西莫夫

艾萨克·阿西莫夫(1920—1992),美国著名科幻小说家、科普作家。

希腊人

在西方的文学和文化遗产上,希腊神话是其中最美丽和最精彩的一部分。但希腊人最先也是以非人的和非生命的观点来看待宇宙的。对于编造神话的人来说,宇宙性质的不可预测正如同人的本性一样难以捉摸。虽然这些神拥有超人的神秘力量,但不管他们多么厉害,他们跟普通人一样也有轻浮、反复无常、激动、为琐碎小事发脾气等毛病。浩瀚的宇宙在这种霸道而又不可预测的神祇控制下,根本没有希望能了解它,只有听天由命。但是后来的希腊思想家以新的观点来看待宇宙,认为宇宙是由不变的法则控制的一台机器。他们此时都致力于这种令人兴奋的智力活动,试图发现这些自然法则究竟是什么。

根据希腊的传说,第一个从事这方面研究的人是公元前600年的泰勒斯。后来的希腊作家们给他加上了无数个发现,而他可能是最先把整个巴比伦文化带到希腊来的人。他最惊人的成就据说是正确地预言了公元前585年的日食，后来果然发生了。

在探索自然法则的过程中，希腊人认为大自然是会公正处事的，也就是说，只要用正确的方式去探讨，大自然必定会披露出一些秘密，绝不会中途改变立场或态度（两千年后，爱因斯坦心有感触地说："上帝或许是神秘莫测的，但他绝无恶意。"）。他们还认为自然法则一旦被发现就可以理解。这种希腊式的乐观精神一直留存到现在。

这种信念产生之后，人类就得创造出一套有条理的系统，以学会怎样从观察到的资料中找出内在的规律。运用既定的论证法则由一点推进到另一点必须运用"推理"。一个进行推理的人可以利用"直观"来指导寻找答案，但是必须依靠合理的逻辑才能检验某一种理论。举例来说，如果白兰地加水、威士忌加水、伏特加加水、甜酒加水都是能醉人的，那么你可能很快就下结论说：在这些饮料中，麻醉因子一定是共有的水。这种推理是错误的，但到底是哪里的逻辑错了并不明显。如果情况更复杂，要找出错误就更不容易了。

找出推理过程中的错误，从希腊时代至今，思想家们都引以为乐。然而系统逻辑的最早基础，则应归功于公元前5世纪的亚里士多德，他是第一个总结出严密推理规律的人。

人对大自然的智力游戏主要有三种：第一，要收集对大自然各方面的观察资料。第二，要把这些资料井然有序地组织起来（这种组织不是要改变原来的资料，而是让它们比较容易处理。例如，玩桥牌的人都知道，把手中的牌依花色和大小秩序排列后，出牌比较方便）。

第三，由这些资料中推导出一些概括观察结果的原理。

举例来说，我们观察到弹子在水中会下沉、木头会浮起，铁块会下沉、羽毛会浮起，水银会下沉、橄榄油会浮起等等，如果把所有会下沉的东西列在一起，会浮起的也列在一起，再找出能够分辨两组的特性，我们就可以得出结论：密度比水大的会下沉，密度比水小的会浮起。

希腊人把他们这种研究宇宙的新方法叫作哲学，意思是"对知识的喜爱"，或意译为"求知欲"。

现代科学

如果能够说科学从此便一帆风顺，人类从此可以快乐地生活，那真是一件愉快的事。但事实是两者真正的困难才刚刚开始。只要科学继续是演绎的，自然哲学就可以成为所有受过教育的人普通文化的一部分。但是归纳的科学已经成为一种巨大的劳动——要观察、学习和分析，再也不是一种业余的游戏。而且科学变得一代比一代复杂，在牛顿之后的100年中，还有一些杰出的人物可以精通所有领域的科学知识，但到1800年，这已经变得根本不可能了。随着时间的推移，科学家们越来越需要把自己限制在一个很小的领域里，专攻非常专门的学问。科学的迅猛发展迫使学术专业化，而且对于科学家而言，专业化程度一代比一代强。

有关科学家学术成果的出版物从来没有像现在这么丰富过，但外行人也越来越看不懂。这是阻碍科学进步的一大障碍，因为科学知识的基本进展通常是来自各种不同专业知识的融合。更严重的是，如今科学已越来越远离非科学家。在这种情况下，科学家被渲染成魔术师，是众人所惧怕而不是倾慕的对象。科学是不可理解的魔术，只有少数与众不同的人才能成为科学家，这种错觉使许多年轻人对科学敬而远之。

自从第二次世界大战以来，我们发现越来越多的年轻人，甚至包括在校的大学生，对科学产生了很大的敌意。我们的工业化社会建立在近200年以来科学发现的基础上，但我们的社会却越来越为它的成功所带来的副作用而烦恼。

进步的医疗技术使人口剧增；化学工业和内燃机在污染我们的水源和空气；物质和能源不断地消耗，使地球越来越枯竭。这些指控很容易归咎到"科学"和"科学家"身上，因为有些人不太了解，知识虽然造成问题，但不要知识并不能解决问题。

但是现代科学不需要对非科学家如此神秘，只要科学家担负起交流的责任，把自己那一行的东西尽可能简单并尽可能多地加以解释，而非科学家也肯洗耳恭听，那么两者之间的鸿沟或许可以就此消除。要能够满意地欣赏一门科学的进展，并不需要对科学有完全了解。没有人认为，要欣赏莎士比亚的戏剧，自己必须能够写一部伟大的作品；要欣赏贝多芬的交响曲，自己必须能够作一部同样的交响曲。同样地，要欣赏或享受科学的成果，也不一定要具备科学创造的能力。

那么我们能做什么呢？处在现代社会的人，如果一点也不知道科学发展的情形，一定会觉得不安，感到没有能力判断问题的性质和提出解决的途径。而且，对于宏伟的科学有初步的了解，可以使人们获得巨大的美的满足，使年轻人受到鼓舞，实现求知的欲望，并对人类智慧的潜力及所取得的成就有更深一层的理解。

我之所以写这本书，就是想借此提供一个良好的开端。

（选自《阿西莫夫最新科学指南》，江苏人民出版社，1999年版）

【交流之窗】

起初的科学是出于对自然的恐惧，对未知的迷惘，因此，人们需要创造一种东西，去将未知的东西具体化，于是科学便诞生了。因而科学是人类社会的产物，是服务于人类的，这也正是科学起源于人文主义色彩浓厚的希腊的原因。在那时，科学对人类的益处是显而易见的，因而人们热爱知识，热爱科学。然而，随着科学的不断进步发展，科学变得越来越高深莫测，它离我们的实际生活越来越远，变得越来越抽象，以至于人们很难看出它对我们具体生活的作用，甚至更多的是看到它带来的负面影响。再加上其专门化程度不断加深，人们开始觉得科学不再属于人类社会，不再服务于人类，便自然会敬而远之，求知欲也随之淡去。然而，科学终究是属于人类的，只不过是不断理论化的过程中，其与现实社会看似不相称罢了。只要将其变得简明，让人们清楚地看见它对自己的益处，人们的求知欲自然就被激发了，科学也便不再那么"可怕"了。

创造力：科学和艺术的共同基础

李政道

⊙李政道 韩得刚绘

李政道，苏州人，美籍华裔物理学家，诺贝尔物理学奖获得者。

艺术和科学的共同基础是人类的创造力，它们追求的目标都是真理的普遍性。

艺术，例如诗歌、绘画、音乐等，用创新的手法去唤起每个人的意识或潜意识中深藏着的、已经存在的情感。情感越珍贵，反响越普遍，跨越时空、社会的范围越广泛，艺术就越优秀。

科学，例如天文学、物理学、化学、生物学等，对自然界的现象进行新的准确的抽象，这种抽象通常被称为自然定律。定律的阐述越简单，应用越广泛，科学就越深刻。尽管自然现象不依赖于科学家而存在，但对自然现象的抽象和总结是一种人为的、属于人类智慧的结晶，这和艺术家的创造是一样的。在科学中，人们研究物质的结构，知道所有组织都是由分子、原子构成，原子又都由原子核和电子构成，原子核又由质子、中子组成，质子、中子又由夸克组成，等等。人们认识了物质的基本结构，进而去认识世界和宇宙。

科学技术的应用形式会不断发生新的变化，但其科学原理并不随这些应用而改变，这就是科学的普遍性。

在19世纪和20世纪之交，科学上有两个关键性的发现，它们看上去似乎有些神秘，与我们的日常生活无关。一个是迈克尔逊和莫雷在1887年做的光速实验，另一个是普朗克在1990年发现的黑体辐射公式。前者是爱因斯坦狭义相对论的实验依据，后者为量子力学奠定了基础。正是有了相对论和量子力学，20世纪的科技发展，如核能、原子物理、分子束、激光、X射线技术、半导体、超导体、超级计算机等，才得以存在。因此，科学原理应用越广泛，在人们社会生活中的表现形式也越多样化。科学家追求的普遍性不同于自然现象的普遍性，是人类对自然现象的抽象和总结，适用于所有的自然现象。它的真理性植根于科学家以外的外部世界，科学家和整个人类只是这个外部世界的一个组成部分。艺术家追求的普遍真理性也是外在的，植根于整个人类，没有时间和空间的界限。尽管科学的普遍性和艺术的普遍性并不完全相同，但它们之间有着很强的关联。因此，科学和艺术的关系是同智慧和情感的二元性密切相连的。对艺术的美学鉴赏和对科学观念的理解都需要智慧，随后的感受升华与情感又是分不开的。没有情感的因素和促进，我们的智慧能够开创新的道路吗？而没有智慧的情感能够达到完美的意境吗？所以，科学和艺术是不可分的，两者都在寻求真理的普遍性。普遍性一定植根于自然，而对自然的探索则是人类创造性最崇高的表现。事实上如一个硬币的两面，科学和艺术源于人类活动最高尚的部分,都追求着深刻性、普遍性、永恒和富有意义。

(选自《科学与艺术》,上海科学技术出版社,2000年版)

【交流之窗】

科学有一个特质,那就是理性,说到理性,我们会联想到理智、冷静,却跟可爱与美无关!事实是这样的吗?读了李政道先生的《创造力:科学和艺术的共同基础》一文,我改变了看法,原来科学与艺术有一个共同的基础,尽管科学的普遍性和艺术的普遍性并不完全相同,但它们之间有着很强的关联。因此,科学和艺术的关系是同智慧和情感的二元性密切相连的。对艺术的美学鉴赏和对科学观念的理解都需要智慧,随后的感受升华与情感又是分不开的。没有情感的因素和促进,我们的智慧能够开创新的道路吗?而没有智慧的情感能够达到完美的意境吗?

科学与伪科学、反科学（节选）

林德宏

林德宏，南京大学教授。

科学与伪科学是根本对立的。由于种种社会原因，当前世界上形形色色的邪教泛滥，许多邪教组织贩卖种种伪科学，欺骗了不少人，造成了很大的危害，所以划清科学与伪科学的界线，是十分必要的。

所谓伪科学，是指以科学为伪装的欺骗。伪科学的本质是欺骗，主要特征是打着科学的旗号，把自己打扮成科学的样子，而且标榜自己不是传统的科学，是当代最新的科学。它使用了一些科学术语，特别是一些科学的新名词，利用公众对科学的信任和一些科学家的声誉招摇撞骗。伪科学之所以有较大的欺骗性，就在于它有很大的虚伪性，貌似新科学。

科学进步对人类社会发展所做的贡献越来越大，而其自身的发展过程十分曲折，所以伪科学盗用科学创新的名义，是很能诱惑人的。科学家做出某种新发现、提出某种新理论时，常不被人们所理解；有些现象和问题，已有的科学知识很难做出令人信服的解释和回答；有些科学假说一段时期内难以用实践来证实。此外，科学发现具有连锁性和辐射性，一个新发现问世后，会诱发一系列的新发现；一个新概念被科学界接受以后,人们往往争先恐后地用这个新概念来假说各种现象。这都是正常的现象,可是在这种背景下有时也会泥沙俱下,鱼龙混杂,一时难辨真伪。但是,无论伪科学伪装得多么巧妙,它也只是伪造的假科学。搞欺骗就必然会有破绽,只要我们保持清醒的头脑,就可以对什么是伪科学做出初步判断。

科学家研究科学的目的是求真,是为了造福人类。搞伪科学的人则怀着不可告人的目的,或为骗取名利,或为某种政治目的,绝不是为了发展科学。科学家严肃认真地从事科学研究活动,或观察、实验、计算,或进行逻辑推论、理性思索;而搞伪科学的人根本就不进行科学研究,他们的精力都用于骗局的设计与实施。科学家提出新观点,要做出解释和论述,说明自己的新观点是怎样形成的,有哪些事实根据和理论依据;而搞伪科学的人只是胡诌一些耸人听闻的奇谈怪论,看起来好像是在大胆地创新,却从不说明他们编出的这些所谓新观点究竟有什么根据和理由。科学家在研究和普及科学过程中所用的概念,是科学内容的反映,提出的新概念是对新的科学事实的概括,在他们那里,主观的表述形式同概念的客观内容是一致的;而搞伪科学的人所用的一些科学概念,同他们的骗局并无内在的逻辑联系,完全是盗用,他们所杜撰的新名词,也没有任何科学事实的根据。科学家提出新观点时,会对自己的研究成果做出客观的实事求是的评价,指出它的有效应用范围,并充分肯定别人的有关研究工作;而搞伪科学的人都胡说自己的"新发现"无所不知、无所不能,是揭开一切宇宙奥秘、解决一切生活难题的神丹妙药，甚至推翻了以往的全部科学，把自己吹得天花乱坠，将别人贬得一无是处。科学家研究和普及科学不仅不怕别人提问题，不怕别人怀疑和反对自己的观点，相反，他们具有追求真理、修正错误的无畏精神和光明磊落的作风，欢迎学术讨论和争论，认为这会促进科学的发展；而搞伪科学的人做贼心虚，就怕别人追问，怕别人怀疑和批评，一听到不同意见就火冒三丈、张牙舞爪，企图把别人都吓得不敢出声。科学家提出新观点，是可以通过实践证实，也可以通过实践来证伪的，所做出的新观察新实验，别人都能够重复，所以科学家欢迎别人通过反复的观察和实验来检验他们的观点；搞伪科学的人的歪理邪说是经不起检验的，他们所看到的东西、做到的事情，别人在相同的条件下就是看不到和做不到；有些搞伪科学的人把自己的"新发现"故意说得或玄而又玄，或模棱两可，使别人很难证实或证伪。

反科学是根本否定科学技术的真理性与价值的观点。伪科学破坏科学的声誉，从这个角度来讲，伪科学具有反科学的因素；但反科学与伪科学是有区别的。反科学并不利用科学作为伪装，恰恰相反，反科学从根本上否定整个科学，全盘否定科学的活动、成果和意义。

伪科学是对科学的亵渎，反科学是对科学的反动。二者都经常利用迷信，所以常常混杂在一起。有人会利用伪科学来实现反科学的目的，有人会在反对已有科学的名义下贩卖伪科学。

科学越发展，科学的作用越大，声誉也就越高，各种骗子就越是要盗用科学的名义,各种反人类、反社会的力量也就越要拼命地反对科学。所以科学同伪科学、反科学的斗争是长期的、曲折的,有时甚至是比较激烈的。伪科学、反科学也会不断改变形态和花招。

科学是反对各式各样伪科学、反科学的强大思想武器。在这方面,科学知识当然重要,但科学精神、正确的科学观和世界观、方法论更为重要。对于某些伪科学、反科学的言行,即使我们不具备有关的科学专业知识,也可以用正确的科学观、辩证唯物主义自然观来进行分析,对其真伪是非做出判断。相反,如果我们只记住了某些科学知识,而缺乏科学头脑,我们就容易上当受骗。

(选自《科技哲学十五讲》,北京大学出版社,2004年版)

【交流之窗】

科学的特点,在于求真,反科学的本质是反动,它拒绝甚至扼杀科学,它是违背自然规律的表现,因此,它戕害科学。而伪科学则为了达到自己不可告人的目的,披上科学的外衣,大行坑蒙拐骗的勾当!在科学深入人心的时代,伪科学常常表现得更为猖獗!所以,我们要有辨识科学、伪科学及反科学的意识,坚信,只要科学在,反科学和伪科学终将现形。

第三编
科学认知

⊙ 陈连强绘

所谓认知，就是指人认识外界事物的一种心理过程。人生于世，认识世界，感悟自然，认识自我，从中发现宇宙的奥妙，体悟人生的哲理；从而适应世界，成长自我。一个人的认识习惯和能力，既有先天的遗传因素，更依赖后天的学习与实践。不同的人有不同的认知风格。所谓认知风格就是习惯化的加工信息的方式。好的认知方式是科学的认知方式。

拥有科学认知方式的人，首先对世界充满好奇心，他悦纳世界，所谓厚德载物。拥有科学认知方式的人，敢于持怀疑态度，有辩证的思维。

在与人与物打交道的时候，有自己的立场。他们以事实为准绳，像苏轼那样，为追求准确去实证；如梁任公先生那样，坚守自己的立场，坚信实践出真知。对事物保持新鲜态度。他们提倡要学会怀疑，在可疑而不疑者，不曾学；学则须疑。像丰子恺那样，生活中多几个"？"。

有些问题也许不能一下子就找得到答案，但保有这种对世界的好奇，你会收获许多惊喜！科学的认知方法是与时俱进的，对事待物，要既有传承又有发展，不故步自封、不全盘否定。正如朱学恒老师所说，即便出现荒谬，拥有科学认知方式的人，也能从中发现契机。因为循着这条荒谬的道路,常常可以找到一些创意的线索。

科学认知需要保持独立自由的立场,对事物要有批判的勇气,而非不明就里人云亦云。敢于创新敢于突破,在真理面前,人人平等!

钱三强说:各种科学发现往往具有一个共同点,那就是勤奋和创新精神,科学是对常识的不断冲击、突破和超越。

● 文学之花

观书有感

朱 熹

其一

半亩方塘一鉴开，天光云影共徘徊。

问渠那得清如许？为有源头活水来。

【交流之窗】

源头活水是认知的新鲜血液！墨守成规最后只能是死水一潭！

荆人涉澭

吕不韦

荆①人欲袭宋,使人先表②澭水。澭水暴益③,荆人弗知。循④表而夜涉,溺死者千有余人。军惊而坏都舍。向⑤其先表之时可导⑥也,今水已变而益多矣,荆人尚犹循表而导之,此其所以败也。

【注释】

①荆:楚国的别称。涉:蹚水。澭水:古水名。

②表:名词作动词用,立标记。

③暴益:突然上涨。益:同"溢",满,涨。暴:突然。

④循:按照、依照。

⑤向:根据。

⑥导:引导。这里是通过的意思。

【交流之窗】

《荆人涉澭》这个小寓言用死亡的教训告诉我们:以发展眼光与时俱进地看待问题是多么重要,因循守旧死搬教条便是死路一条。

自由和科学

爱因斯坦

爱因斯坦(1879—1955),犹太裔物理学家。生于符腾堡乌尔姆。早年取得瑞士国籍,1913年重新获得德国国籍,1933年迁居美国,1940年加入美国国籍。1921年获诺贝尔物理学奖。著有《相对论的意义》等。

我知道,要对基本价值的判断进行争论,是一件没有希望的事。比如,如果有人赞成把人类从地球上消灭掉作为一个目标,人们就不能从纯理性的立场来驳倒这种观点。但是如果有某些目标和价值是大家一致同意的,人们就能够合理地来议论达到这些目的的手段。现在,让我们来指出两个目标,凡是读到这篇东西的人大概都会完全同意的。

第一,为维持全部人类的生活和健康所必需的资料应当由总劳动量中尽可能少的部分来生产。

第二,满足物质上的需要,固然是美满的生活所不可缺少的先决条件,但只做到这一点还是不够的,为了得到满足,人还必须有可能根据他们个人的特点和能力来发展他们理智上的和艺术上的才能。

其中第一目标是要求增进一切有关自然规律的知识,也就是要促进一切科学工作。因为科学工作是一个自然的整体,它的各个部分彼此相互支持着，虽然支持的方式还没有人能预料到。但是科学进步的先决条件是具有不受限制地交换一切结果和意见的可能性——在一切脑力劳动领域里的言论自由和教学自由。我所理解的自由是这样的一种社会条件：一个人不会因为他发表了关于知识的一般和特殊问题的意见和主张而遭受到危险或者严重的损害。这种交换的自由是发展和推广科学知识所不可缺少的，这件事有很大的实际意义。首先它必须由法律来保障。但单单靠法律还不能保证发表的自由，为了使每个人都能表达他的观点而没有不利的后果，在全体人民中必须有一种宽容的精神。这种外在的自由的理想是永远不能完全达到的，但如果要使科学、哲学和一般的创造性思想得到尽可能快的进步，那就必须始终不懈地去争取这种自由。

如果要保证第二个目标，也就是要使一切人的精神发展成为可能，那么就必须有第二种外在的自由。人不应当为了获得生活必需品而工作到既没有时间也没有精力去从事个人活动的程度。而没有这第二种外在的自由，发表的自由对他就毫无用处。如果合理的分工问题得到解决，技术的进步就会提供这种自由的可能性。

科学的发展以及一般的创造性精神活动的发展还需要另一种自由，这可以称为内心的自由。这种精神上的自由在于思想上不受权威和社会偏见的束缚，也不受一般违背哲理的常规和习惯的束缚。这种内心的自由是大自然难得赋予的一种礼物，也是值得个人追求的一个目标。但社会也能做很多事来促使它实现，至少不该去干涉它的发展。比如，一方面，学校可以通过权威的影响和强加给青年过重的精神负担来干涉内心自由的发展；而另一方面，学校也可以鼓励独立思考来支持这种自由。只有不断地、自觉地争取外在的自由和内心的自由，精神上的发展和完善才有可能，由此，人类的物质生活和精神生活才有可能得到改进。

（选自《爱因斯坦文录》，浙江文艺出版社，2004年版）

【交流之窗】

科学是一位不被人们主观意志左右的自由女神，她有自己特立独行的魅力，那就是永远在无拘无束的自由状态下，不受权威和偏见的压抑的本真。很认同爱因斯坦这个观点——"我所理解的自由是这样的一种社会条件：一个人不会因为他发表了关于知识的一般和特殊问题的意见和主张而遭受到危险或者严重的损害。这种交换的自由是发展和推广科学知识所不可缺少的，这件事有很大的实际意义。"这大概是出于对科学的一种尊重吧！一个尊重科学的社会，是理性的社会！

公众的科学观

史蒂芬·霍金

史蒂芬·霍金(1942—2018),英国理论物理学家。

不管我们喜欢不喜欢,我们生活其中的世界在过去100年间遭受到剧烈的变化,看来在下个世纪这种变化还要更厉害。有些人宁愿停止这些变化,回到他们认为是更纯洁单纯的年代。但是,正如历史所昭示的,过去并非那么美好。过去对于少数特权者而言是不坏,尽管甚至他们也享受不到现代医药,妇女生育是高度危险的。但是,对于绝大多数人,生活是肮脏、野蛮而短暂的。

无论如何,即便人们向往也不可能把时钟扳回到过去。知识和技术不能就这么被忘却。人们也不能阻止将来的进步。即便所有政府都把研究经费停止(而且现任政府在这一点上做得十分地道),竞争的力量仍然会把技术向前推进。况且,人们不可能阻止头脑去思维基础科学,不管这些人是否得到报酬。防止进一步发展的唯一方法是压迫任何新生事物的全球独裁政府,但是人类的创造力和天才是如此之顽强,即便是这样的政府也无可奈何。充其量不过把变化的速度降低而已。

如果我们都同意说,无法阻止科学技术去改变我们的世界,至少要尽量保证它们引起在正确方向上的变化。在一个民主社会中,这意味着公众需要对科学有基本的理解,这样做出决定才能是消息灵通的,而不会只受少数专家的操纵。现今公众对待科学的态度相当矛盾。人们一方面希望科学技术新发展继续导致生活水平的稳定提高,另一方面由于不理解而不信任科学。一位在实验室中制造佛朗克斯坦机器人的发疯科学家的卡通人物便是这种不信任的明证。这也是支持绿党的一个背景因素。但是公众对科学,尤其是天文学兴趣盎然,这可从诸如《宇宙》电视系列片和科学幻想对大量观众的吸引力而看出。

如何利用这些兴趣向公众提供必需的科学背景,使之在诸如酸雨、温室效应、核武器和遗传工程方面做出真知灼见的决定?很清楚,根本的问题是中学基础教育。可惜中学的科学教育既枯燥又乏味。孩子们依赖死记硬背蒙混过关,根本不知道科学和他们周围世界有何相关。此外,通常需要方程才能学会科学。尽管方程是描述数学思想的简明而精确的方法和手段,大部分人对之敬而远之。当我最近写一部通俗著作时,有人提出忠告说,每放进一个方程都会使销售量减半。我引进了一个方程,即爱因斯坦著名的方程,$E=mc^2$。也许没有这个方程的话我能多卖出一倍数量的书。

科学家和工程师喜欢用方程的形式表达他们的思想,因为他们需要数量的准确值。但对于我们中的其他人,定性地掌握科学概念已经足够，这些概念只要通过语言和图解而不必用方程即能表达。

人们在学校中学的科学可提供一个基本框架。但是现在科学进步的节奏如此之迅速，在人们离开学校之后总有新的进展。我在中学时从未学过分子生物学或晶体管，而遗传工程和计算机却是最有可能改变我们将来生活方式的两种发展。有关科学的通俗著作和杂志文章可以帮助我们知悉新发展，但是哪怕是最成功的通俗著作也只为人口中的一小部分阅读。只有电视才能触及真正广大的观众。电视中有一些非常好的科学节目，但是还有些人把科学奇迹简单地描述成魔术，而没有进行解释或者指出它们如何和科学观念的框架一致。科学节目的电视制作者应当意识到，他们不仅有娱乐公众而且有教育公众的责任。

在最近的将来，什么是公众在和科学相关的问题上应做的决定呢？迄今为止最紧急的应是有关核武器的决定。其他的全球问题，诸如食物供给或者温室效应则是相对迟缓的，但是核战争意味着地球的全人类在几天内被消灭。冷战结束带来的东西方紧张关系的缓解表明，核战争的恐惧已从公众意识中退出。但是只要还存在把全球人口消灭许多遍的武器，这种危险仍然在那里。在苏联和美国的核武器仍然把北半球的主要城市作为毁灭目标。只要电脑出点差错或者掌握这些武器的人员不服从命令就足以引发全球战争。更令人忧虑的是现在有些弱国也得到了核武器。强国的行为相对负责任一些，但是一些弱国如利比亚或伊拉克、巴基斯坦甚至阿塞拜疆的诚信就不够高。

这些国家能在不久获得的实际的核武器本身并不太可怕,尽管能炸死几百万人,这些武器仍然是相当落后的。其真正的危险在于两个小国家之间的核战争会把具有大量核储备的强国卷进去。

公众意识到这种危险性,并迫使所有政府同意大量裁军是非常重要的。把所有核武器销毁也许是不现实的,但是我们可以减少武器的数量以减轻危险。

如果我们避免了核战争,仍然存在把我们消灭的其他危险。有人讲过一个恶毒的笑话,说我们之所以未被外星人文明所接触,是因为当他们的文明达到我们的阶段时先把自己消灭。但是我对公众的意识有充分的信任,那就是相信我们能够证明这个笑话是荒谬的。

(选自《霍金讲演录》,湖南科学技术出版社,2003年版)

【交流之窗】

人们希望科学技术高度发展来保持生活水平的稳定提高。可是,奇怪的是,许许多多的科学新发现新发明一开始并不能顺利平坦地被人们理解信任和接受。人们往往对新科学研究的过程表现出不够宽容甚至打击迫害的观点和态度,所以科学的发展离不开公众的科学观水平的提升。中学时代不失为培养公众科学观的基础时代,我们需要一个基本框架,以从容接纳纷至沓来的科学大潮。

第四编
科学幻想

⊙ 邢永峰绘

第四编 科学幻想

巴尔扎克曾说：真正的科学家应当是个幻想家，谁不是幻想家，谁就只能把自己称为实践家。这句话，既是对幻想的呼唤与鼓励，也是对缺乏幻想的科学家的讽刺与批评。法拉第曾说：一旦科学插上幻想的翅膀，它就能赢得胜利。的确，我们今日正在享受的高科技生活，不正是过去梦想、幻想甚至被认为是空想的不可能的场景吗？《西游记》里有招风耳，有腾云驾雾、一个跟斗十万八千里，今日有雷达，有能把卫星送入太空的火箭发动机。《海底两万里》中诺第留斯号潜艇已经成为现实，还有3D打印机、意念操控仿生义肢手、钢铁仿生义眼、无人侦察机等等，一个又一个科研成果扑面而来，让人应接不暇，惊叹瞠目。当然，科学幻想的意义不仅在于此，它在诱发新科研命题的同时，也引发人类对正义道德、民主自由以及人类命运、宇宙命运的思考与忧虑。所以，本编所选的内容既有经典或畅销的科幻作品，如凡尔纳的《海底两万里》，刘慈欣的《三体》，星新一的微型科幻小说；也有引人深思的政治寓言小说，如乔治·奥威尔的《动物农场》，老舍的《猫城记》，还有霍金1991年1月在剑桥大学的讲演《宇宙的未来》。读《海底两万里》，你会惊讶科学与幻想距离之近，你会惊叹海底神奇宏阔的世界，你会沉思复仇行为是否背离了正义。读《三体》中的《智子》，你在充满好奇新鲜感的同时一定会恐慌于智子技术可以任意将一个物体二维展开或一维展开甚至零度为黑洞。而霍金的《宇宙的未来》正好能与《三体》在宇宙未来的思考上形成呼应。《动物农场》《猫城记》则能引发我们对政治文明的思考。有些作品由于是长篇小说，只能节选，希望不会影响科学幻想带给大家的文学、理性之美。

● 文学之花

海底两万里（节选）

凡尔纳

凡尔纳（1828—1905），19世纪法国著名小说家、剧作家及诗人。

第一章 令人惊慌的海怪事件

1866年，海上发生了一件离奇怪事：加尔各答的希格森总督号在距离澳大利亚东海岸八千米的地方碰到了一处居然能喷出两柱高达五十米水柱的"暗礁"。三天后，哥伦布号在相距二千一百多海里的地方也看见了这个庞然大物。接下来，好些大船在海上相继碰见这个"庞然大物"：很长很大，有时还发出磷光，不仅比鲸鱼大得多，行动也极快。

1867年，人们又听说了一件事。英国的著名船主苛纳尔——他的名字无人不知，由于公司经营得法，早在1840年，这位精明的企业家就已经闻名世界了。二十六年来，他的船运公司从来没有发生过迟误或者不达目的地的情况，更没有遗失过一封信，不曾丢失过一个人。但这么一个趋于完美的海运公司却在这一年出了意外。

1867年4月13日下午4点16分，乘客们正在大厅中吃点心的时候，苏格兰号船尾、左舷机轮后面一点，似乎发生了轻微的撞击。

"船要沉了！船要沉了！"此后一会儿，船舱管理员就跑到甲板上大喊。

"什么？不会吧？"没有一个人相信自己耳朵所听到的，大家都呆坐在座位上。

"船要沉了！船要沉了！"工作人员继续大喊。

"天啊，看来，一切都是真的！"旅客们立刻慌了起来。

但船长安德森很快就使他们安静下来："危险并不会发生。苏格兰号的防水板分为七大间，大家完全可以放心！"

安德森船长安顿好旅客后，立即跑到舱底。他查出第五间被海水浸入了，且浸入速度很快，这说明漏洞很大。好在第五间里没有蒸汽炉，否则，炉火就要熄灭了。"停船！停船！"安德森船长吩咐着，开始检查船身。

苏格兰号尽管机轮有一半浸在水里，还是继续行驶，为此，他们迟到三天抵达。船一靠岸，马上来了很多工程师为它检查伤口，让他们大吃一惊的是：怎么也无法想象这样的伤口——四厘米厚的铁皮上出现一个规整巨大的等边三角形，锯齿形的伤痕也很整齐，好像被一个强大而精密的东西冲击过。更令人不可思议的是，经过如此猛烈的撞击后，这个怪物还可以全身而退，没留下一点可供人们分析其弱点的蛛丝马迹。

我是巴黎自然科学博物馆的副教授，刚结束了在美洲阿拉斯加进行的艰苦的考察。我本想在美国稍作休息,整理好我的成果之后就返回法国。可是苏格兰号的意外,让我的计划落空。但这仅仅因为我是一个著名的动植物学家。

我当然也知道当时人们议论的怪物问题,对于这个怪物,我作了种种分析。抱着谨慎的态度,我始终没有明确发表自己的见解。无论怎样,我一直坚信这是一件真实的事,因为苏格兰号留下的裂口是无法忽略的事实。

到纽约时,我发现这个问题依然被人们津津乐道。人们分成了两派:一派说这是一个怪物,而且力大无比;另一派说这是一艘"潜水艇",拥有强大的动力。后一种假设虽然被很多人认可,可实在无法令人信服。当时,任何私人都不可能有时间、技术、地点来制造这个东西。政府倒是有可能,但随着各国政府的声明,"潜水艇"的假设无法成立。

……………

也就是说,在还没有得到更多的材料之前,我愿意认为这是一只独角鲸,它身躯非常大,身上的武装不是剑戟,而是真正的冲角,像铁甲船或战舰上所装有的那样,它同时又具备战舰的重量和动力。我的文章引起了热烈的讨论,有一部分人认同它。尽管有一些人把这事看成是一个待解决的纯粹科学问题,但另一些比较注重实际的人主张把这个可怕的"怪物"从海洋上清除,从而保障海上交通的安全。公众的意见提出来后,美国率先发表声明,要在纽约组织一个清除"怪物"的远征队：一艘具备高速度的二级战舰——林肯号。

可事实却总是不大如人意。这个怪物好像是一个能预知世事的神物一样，在人们准备追捕它的时候，它却消失得没有了影踪，两个月没有一点儿消息。这可为难了美国人全副武装的二级战舰，人们的耐心也快消失殆尽。忽然，到了7月2日，旧金山轮船公司从加利福尼亚开往上海的一艘轮船，三个星期前在太平洋北部的海面上，又看见了这个怪物，这消息引起了极大的骚动。大家要林肯号立即出发。

在林肯号离开码头前的三个小时，我收到一封信，信的内容如下：

递交纽约第五号路旅馆，巴黎自然科学博物馆副教授阿尤纳斯先生启。

先生：

如果您同意加入林肯号远征队，美国政府将很愿意看到这次远征您能代表法国参加。法拉古舰长已留下船上一个舱房供您使用。

谨致

海军部长J.B.霍布森

第二章　林肯号起航

收到霍布森部长的邀请信，我立刻从疲惫中清醒过来，因为我意识到这是次伟大的旅行，我生来就是为了清除这些怪物的。我立即接受了美国政府的邀请。

"康塞尔！"我不耐烦地叫我的仆人。他陪我四处旅行，是个诚实的比利时人，我很欣赏他，他对我也很好。

…………

我很满意我所住的舱房，它位于船的后部，房门对着军官们的餐室。我留下康塞尔安顿我们的箱子，自己登上甲板，准备看一看开船的操作。

"蒸汽烧足了吗？"这时候，法拉古舰长也在甲板上，他叫来工程师问道。

"烧足了。"工程师答。

"开船！"随法拉古舰长一声令下，林肯号舰艇便庄严地起程了。布鲁克林码头和纽约东方河沿岸地区挤满了好奇的人群，成千上万条手帕挥动着向林肯号致敬。出港之后，大船加足马力，螺旋桨像疯了一样搅动着海浪，景象真是壮观！

法拉古舰长是一位出色的海员，完全配得上这艘战舰。他相信怪物存在，发誓一定要从海上把怪物清除出去。法拉古舰长预备了两千美元的奖金，准备奖给第一个发现怪物的人。他还细心地把打巨大鲸鱼类所需的各种装备都带在船上，从手投的渔叉，一直到鸟枪的开花弹和用炮发射的铁箭都应有尽有。

最妙的是船上还有渔叉手之王——尼德·兰。他是加拿大人，大约四十岁，在这种危险的叉鱼职业中，他还没有碰见过敌手，本领很高。可是他并不相信怪物存在，他甚至不屑于和别人讨论这个问题。他勇敢机智，却有一点儿固执。

第三章　初见独角鲸

战舰接着以惊人的速度行驶，7月3日，我们抵达麦哲伦海峡口。但法拉古舰长不愿意在这曲折的海峡里航行，要从合恩角绕过去。林肯号在海峡南面十五海里处绕过了合恩角这座孤岛。第二天，林肯号舰艇的螺旋桨就将击打太平洋的海水了。

除了用餐和睡眠时间，不管日晒雨淋，我总待在甲板上。有好几次，一条任性的鲸鱼把灰黑的脊背露出海面，我跟船上全体人员一样，立刻激动起来，战舰的甲板上马上就挤满了人。人人都激动不已，注视着鲸鱼的行动。我看得眼睛发黑，但康塞尔总是若无其事的，用平静的语气对我说："如果先生愿意少费些眼力，眼睛不用睁得太大，那样也许能看得更清楚一些！"

大多数人都以为那是怪物，就全速把船开了过去，过去才发现那只不过是一头大头鲸。空欢喜一场，于是激情就慢慢消退。唯一睡得安稳的就是尼德·兰，除了值班的时间，他几乎都在房间里睡觉和看书，从不想多看这平静而无聊的海面一眼。总之，这位加拿大人很固执，但眼力很好。

法拉古舰长想得对，驶到水深的地方，离开这个怪物好像不愿意挨近的大陆和海岛，这样机会也许会多些。我们终于到了这个怪物最近活动过的地方了，全体船员神经都极度紧张，简直不能用文字来形容。

林肯号三个月来几乎跑遍了太平洋北部的海面，却什么也没有发现。于是有人提出了返航的建议，舰长没有采纳，水手公然表示不满。舰长让大家继续忍耐，三天后如果怪物还不出现，林肯号就驶向欧洲海岸。接下来几天，所有水手使尽了花样，可这位超级巨星就是不肯登场，把人们的胃口吊到了极致。

11月5日正午，船位于北纬31度15分，东经136度42分。明天，规定的期限就到了。船上的时钟正指向8点。一团团漆黑的乌云遮住了上弦月。

我站在船头，望向海面。康塞尔就站在我的身旁，也向海面看去。全体船员也都在各处认真地观察着大海中的动静。军官们借助望远镜，向远处搜索。月亮害羞似的，时隐时现。星星顽皮地眨着眼睛。

…………

一个熟悉的声音打破了夜空的安静，那是尼德·兰："看啊，我们要寻找的东西就在我们的斜前方。"这声喊叫好像一句命令，让船上所有人都为之疯狂，大家很快便拥到渔叉手身边。没错！就是它，大家的眼睛都诚实地告诉了每个人这不知道是好是坏的消息。

离林肯号右舷三百七十米左右的海面上，好像是被水底发出的光照亮了。这光并不是一般的磷光，而是那个怪物潜在水面下几米深，放出十分刺眼而诡异的光。这光仿佛是从一种大功率的光源中发出的。不但如此，发光的部分在海面上形成一个很长的巨型椭圆，圆心有一个炽热的焦点，放射出刺目的光芒，离焦点愈远，光度愈弱。

"那只不过是无数个磷分子的集合体罢了。"一位军官说。

"绝对不是，"我很有把握地答道，"海洋中的微生物绝不能发出这么强的光。这只能是电力的光。看！它动了！它向前动，又向后移！它向我们冲来了！"

战舰上发出一片喊声。

"安静，稳着舵，迎风行驶。"舰长命令道。水手马上掌舵，让船转了一百八十度。

"舵向右，向前开。"舰长继续命令着。

船在舰长熟练的指挥下，很快就脱离了发光体的中心，可是这种放松的心情只维持了几秒钟，我们便遗憾地发现，它已经轻松地追上来了。

我们既恐惧又紧张，感觉好像不是船载着我们逃命，而是我们自己双脚在地上跑一样。这个带电的怪物大概想捉弄我们，围着战舰游动，并不急于攻击，我们被围困在电网之内。一会儿，它拖着尾巴游走了，留下巨大的水纹。可是，好像从天而降一般，它又突然朝我们冲过来。我们没有任何反抗能力，一切尽在它的掌握中。幸运的是，它没有撞击我们，在距离我们六米的海上又不动了。接着又是一阵消失，它身上的光突然全部熄灭了，像是触到了开关。不久，它又出现在战舰的另一侧。

"舰长,您现在对于这个动物的性质没有什么疑惑吗?"

"没有疑惑了。我认为这是一条巨大的独角鲸,而且还是一条带电的独角鲸。它有雷电般的力量和惊人的速度,先生,我们不得不十分小心在意。"

林肯号在速度上比不过这个怪物,只好保持着低速慢慢行驶。而独角鲸也模仿战舰,在波涛上随意摆动着,似乎没有离开的打算。不过,快到半夜的时候,它不见了,或者更准确地说,它不发光了。但是,还没有等大家提到嗓子眼的心回到原处,就听到一声震耳欲聋的巨响。舰长、尼德·兰和我当时都在艉楼上,聚精会神地凝视着大海。

…………

大家一直等到天亮,每个人都在随时准备迎接战斗。尼德·兰一直在那里磨他的渔叉。到了早上7点,天亮了,但浓厚的朝雾限制了视野。8点,浓厚的雾气慢慢地散开了。

突然,像昨晚那样,尼德·兰叫了起来:"我找到了,它在船左舷后面!"

大家的目光都转向他手指的地方。一座黑色的小山浮在战舰左边,这个动物游动时激起的白色泡沫,雪白耀眼,尾巴搅动的水波也足以让我们的船跟着颤抖。我们的战舰慢慢靠近了这个鲸鱼类动物。我计算了一下,它七十多米长。这时,突然两道水柱从它的鼻孔喷出来,直喷到几十米的高度。这时,我可以做结论了:脊椎动物门,哺乳纲,唯一豚鱼亚纲,鱼类,鲸鱼目。

这时，舰长叫来了工程师问道："先生，气压足了吗？"

"很足了。"工程师答。

"好，再增大火力，全速前进！"

林肯号向这怪物全力冲去，可怪物一点儿都不在意，它并没有潜入水中，而是略作逃避的样子，可不走远，只是保持一定的距离。这样持续了三刻钟左右，林肯号想多接近这条鲸鱼四米也不可能。很明显，这样永远追不上它。

法拉古舰长由于面对眼前的敌人，束手无策，心中愤怒，大叫："尼德·兰在哪儿啊？"

尼德·兰前来报到，可是当舰长问他是否要下海杀鲸的时候，尼德·兰师傅却说："这个东西是不会让人捕捉的，除非它自愿。"接着又说，"您加大马力行驶，我在船头守着，它若在我渔叉范围之内，我便尽力射杀它。"

"就这样办吧。"舰长答。接着，他又喊道："工程师，继续加大马力。"

战舰的马力已经开到了最大，测速器显示现在的速度是每小时十八海里半，可那个怪物的速度正好也是每小时十八海里半，它和我们做着相对运动，而且，完美无瑕。这对于美国海军中最快的一艘战舰来说，实在是太难堪了。法拉古舰长气得时不时在捻他那撮胡须，他又把工程师叫过来。

"船是否在全速前进？"舰长问。

"是的,这已经是极限速度了。"

"活塞上到了多少气压?"

"六个半气压。"

"马上上到十个气压!"这是不顾危险的行为,但命令就是命令,工程师马上去执行。

我故作轻松地对康塞尔说:"您看,我们的船要爆炸啦!"

他不太理我:"随您怎么说吧。"

林肯号的速度又增加了,测速器又一次抛下去。

"现在速度是多少?"法拉古舰长问。

"舰长,十九点三海里。"

"再增加!"

工程师照他的话做了。气压表指向十气压,但这条鲸鱼也照着做了,因为它一点儿也不困难地以十九点三海里的速度游动,多么激烈的追逐呀!尼德·兰站在他的岗位上,手拿着渔叉。有几次,我们接近它了。突然,尼德·兰大叫:"追上啦,追上啦!"他马上熟练地举起渔叉,准备投,却没想到那个聪明的东西钻到了水里。

于是,一直到中午,我们没有任何进展,它的速度太快了。这好像一场游戏,它是老鹰,我们和这艘战舰不过是小鸡。法拉古舰长决定动用大炮,于是摆上了锥形炮弹,叫人发射出去。炮虽然放了,可是并没打中,只是落到距动物半海里远的地方。

"换一名好炮手!"舰长喊,"谁打中它,就能得到五百美元!"

一位老炮手沉着冷静地走到大炮面前，摆好炮位，瞄了好一会儿。炮响了，船员们欢呼起来。炮弹虽然打中了动物，却没有给它致命的打击，而是从它圆圆的身上滑过去，落入海中。从未失手的老炮手愤怒得破口大骂："这混蛋莫非穿着打不穿的盔甲？"

舰长虽然屡屡受挫，可是坚决不放弃，他决心要杀死它。

在11月6日这倒霉的一天里，林肯号行驶路程超过五百千米！天黑了，波涛汹涌的海洋被阴影笼罩。晚上10点50分，跟昨天夜里一样辉煌、一样强烈的电光又在战舰前面三海里的海面上亮起来。独角鲸终于停止了，或许它体重太大，行动起来消耗了太多的能量，所以现在累了吧。舰长也意识到了这一点，把这当作了一次很好的机会。

林肯号降低速度，因为不能把怪物惊醒。离它三百七十米左右的时候关了气门。船上没有一点儿声音，绝对沉寂。怪物所发的强光照得我们眼睛发花。

我由于好奇，趴在甲板上，看尼德·兰和怪物正面对峙。尼德·兰一手拉着帆索，一手挥动他锋利的渔叉。他和这动物距离不过六米，尼德·兰使出全身力气，抛出他锋利无比的渔叉，相当精准，正好刺到了怪物身上。

第四章　我掉进怪物肚子里了

也许是尼德·兰击中了怪物的什么部位，它身上的电光熄灭了，愤怒的它吐出两道巨大的水柱，冲刷着船上的甲板，正在观战的我和船上一些其他东西竟然一起从船栏杆旁被冲到海里了。可虽然我意外落水，我的神智还是清醒的。我用尽全力让自己浮上来，夜色黑沉，我好像看到一大块黑东西在渐渐消失，它的标灯远远地熄灭了。我开始绝望地大喊"救命"！同时两手拼命向林肯号方向划去。

就在我的力气要用尽的一刻，我还是本能地叫了一声"救命"！完了，海水这下一窝蜂地往我嘴里钻。我呼吸困难，就要沉入海底。突然，一只手拉住了我，把我托出水面，原来是康塞尔。

"你也是刚才被撞落海中的吗？"我问他。

…………

"康塞尔！"我叫他。

"先生叫我吗？"康塞尔答。

我睁开眼睛时，看到的却不是康塞尔，是尼德·兰，我很惊讶："尼德·兰！您也是在战舰被撞的时候被抛入海中的吗？"

"是的，教授，但情形比您好些，我几乎是立刻就站立在一个浮动的小岛上了。"

"一个小岛？"

"更确切地说，是站在那只巨大的独角鲸上。"

"尼德·兰，请说清楚点。"

"我知道为什么我的渔叉不能伤害它，为什么碰在它表皮上就碰弯了，因为它是钢板做的！"加拿大人看我有些发呆，他知道我不相信，就接着说，"我们现在就在这个怪物上面，您看看吧！"

我赶紧爬起来仔细察看。我用脚踢了踢它,它发出的却是金属的声音,它竟然是一种人工制造的怪东西。我也不得不同意了他的说法,便问:"这个机器里面应该会有操作人员吧?"

"应该有,不过已经过去三个小时了,里面还没有一点儿动静。"

"这船没有向前行驶吗?"

"它只是随波漂荡,也许操作人员出事了。"

"应该不会的,也许只是短暂的停顿,只要里面有人,我们就能获救了。"

果然,这个巨大的救星好像很给我面子似的,开始运行起来。风平浪静的时候,我听到有模糊不清的声音,像是远方传来的乐曲。谁也不知这只船为什么选择在水底航行。天亮了,朝雾笼罩着我们,但很快就消散了,我觉得船在渐渐下沉。

尼德·兰等得太久,开始破口大骂:"开门啊,这些不知道是人是鬼的海底怪物。"

我们撞击船体,可是没有反应。只是船停止了下沉。在我们身后,一块铁板突然开启,出来一个人,怪叫了一声,又缩了进去。接下来出场的是八个彪形大汉,蒙着脸,很明显,彪形大汉不会只是朝我们吼了,他们很轻松地把我们抓进了船舱内。

…………

"先生,给他说说我们的遭遇啊,或许他们碰巧会听懂几句。"康塞尔提醒了我。

于是，我用清晰的发音介绍了一遍我们来这里的原因，尽量把每个音节都念清楚。

那个人温和又镇定，非常仔细地听我说话，但他的面容没有任何变化，表明他根本听不懂。尼德·兰又把我讲过的话用英语说了一遍，但依然没有效果。此时，我们已经黔驴技穷了。康塞尔却总是在关键时候给我惊喜，他说："先生，要不我再用德语试试吧。"

我很高兴，真想不到他还会德语。接下来，康塞尔又一丝不苟地说了很多德语，结果大概只有他自己听得懂，实在没有任何效果。最后一次的尝试又失败了，这两个陌生人用我们听不懂的语言彼此交流了几句，就走开了，门又关起来了。

"这简直是太无耻了！"尼德·兰是第二十次发怒了。

"尼德·兰，安静点，"我说，"发脾气解决不了问题。"

"但是，教授先生，"我们好动怒的同伴答道，"难道我们要在等待中饿死吗？"

"心放宽一些，还可以支持很长时间的！"康塞尔说。

"这是没用的！"尼德·兰说，"你们没看见这些人有他们自己的语言吗？这种语言好像是为了让人无法向他们讨饭吃！"

正说着，房门开了，进来一个侍者，他给我们送来料子我不认得的衣服。我和我的同伴穿上了衣服。这时候，侍者在桌上放了三份餐具。"这个鬼地方能有什么好吃的吗？"尼德·兰不耐烦地说。可接下来的事实却证实了尼德·兰的愚蠢。精致的食物盒子，大概是银制的，豪华的饭桌，像高级饭店里的一样，没有面包和美酒，食物大多是可口的鱼类。最特别的是每一件餐具上都有这么几个字："动中之动"。在这几个符号中间还有一个字母"N"。难道在海底发号施令的那位神秘人物姓名的第一个字母是"N"？

"上帝啊，我只想痛快地睡一觉。"康塞尔说。确实，吃饱喝足，我们都有点困了。很快，他们俩就都睡着了，后来，我也若有所思地睡着了。

第五章　水中人

不知道睡了多久，忽然，我吸到一股带有海水咸味的新鲜空气——这铁皮怪物应该是浮到海面上了。新鲜的空气同时唤醒了我的两个同伴，他们伸着懒腰，康塞尔仍然礼貌地问："先生睡得可好？"

"当然，我想你们也一样睡了个好觉吧。"

尼德·兰给了我一个微笑，说："很好，教授。现在恐怕至少也是晚餐时间了吧？"

"恐怕至少是午餐时候了，因为从昨天算起，我们现在是在过第二天了。"

"也就是说，"康塞尔问，"我们睡了二十四个小时？"

"是的。"我答。

"我们逃吧。"康塞尔建议。

"我估计这个海里的监狱一定比陆地上的监狱更加难逃走，您看这周围不都是铁皮吗？空气都好不容易才进来。"尼德·兰很是丧气，又说，"那该怎么办呢？"

"这个我可不内行。"我说。

"那我们就留在这艘船里面，赶走现在已经在船里的外人。"他说。

"不行！"我被这个想法震惊了，他竟然想夺取这条自己一无所知的船，简直是疯了！

"先生，如果船上不超过二十人，我们很有可能获胜。"

这个固执的加拿大人，我已经不想和他浪费时间讨论这个不可能的问题了，只好敷衍着说："等到时机来了，我们再计划吧，现在我只求您在没有把握的时候别轻举妄动。"

"好吧！"尼德·兰带着不大能使人安心的语气回答。

随后，我们停止了谈话，开始各自思考。过了一会儿，尼德·兰的愤怒变成了咒骂，脸都扭曲了，样子很可怕。他像一只困兽一样暴躁不安，对着墙壁拳打脚踢，却无济于事。由于饥饿难忍，两个小时后，他已经暴怒得失控了，对着铁皮墙壁发泄，可是四周像真空一样的安静。

终于，脚步声来了，金属地板发出巨大的声响，很快就传来了门锁开启的声音。进来的是一个侍者，尼德·兰立即扑了上去。加拿大人掐着侍者的脖子，几乎要让他窒息。康塞尔正要从加拿大人的双手中把这个上气不接下气的侍者抢救过来，我也正要去帮忙的时候，忽然听到下面用法语说的几句话，我不动了。

"别急，尼德·兰师傅，您，教授先生，请听我说！"说话的人正是那个我认为是这艘船上首脑的那一位，看来我猜对了。尼德·兰立刻住了手。口吐白沫的侍者看见主人一招手，便离开了。这位船长靠着桌子的一角，看着我们，却没有说话，好像是在让我们回味刚才那优美的法语。过了一会儿他开口了："先生们，其实我会四国语言，其中包括法语、英语、德语。另一种就是我和仆人交谈时说的拉丁语。我之前没有回答你们，是想先了解你们，再做决定。你们很诚实，我已经知道你们的身份，而我就是——船长。"他接着说，"自从你们来了，我一直在想要不要和你们接触，我很久没跟人类打交道，你们打乱了我的生活。"

"这纯属意外。"我解释。

"意外？你们开着那么先进的军舰到处追我，是意外？你们用炮弹袭击我，你们用渔叉攻击我，这些都是意外？"他有点儿气愤。

我看得出在这些话里面，有一种抑制不住的愤怒。然而，对于这一连串的问题，我必须做出解释：

"先生，您一定不知道由于您的潜水艇的冲撞所发生的各种意外事件，已经轰动了美洲和欧洲。您一直被林肯号追逐，林肯号认为是在追打一种海怪。"船长的唇上浮现出微笑，然后，语气比较温和地回答："阿尤纳斯先生，您确定你们的战舰不是去追击潜水艇，而只是追击海怪吗？"这个问题使我很难回答。

这位船长先生对我们充满了敌视，并且他的眼睛里不自觉地流露出对全人类的蔑视，我想他的经历一定不平凡。他真是个独立而强大的人！一个人可以让全世界为之恐慌，最可怕的是全世界都不知道他是谁，来自何处。而且他的战舰，真是无敌的存在。现在，没有谁能对他所做的事情提出责问。

长久的沉默后，船长又开口了，他说他不愿使用暴力，但是必须把我们囚禁在船舱里，至于要多久，全凭他的心情。那么，他其实相当于变相地判了我们终身监禁，而我们的任何请求和争辩在这里起不到半点作用，因为，事实上我们已经成了他的俘虏，如今只能在生死之间抉择罢了。

见我们无话可说了，这位神秘人物又用比较随和的口气说："现在，请允许我介绍一下接下来的旅程。阿尤纳斯先生，从下一次周游海底起，您将进入一个奇异的王国中畅游，您将看见世界上除了我和我的同伴之外，任何人都没有看过的东西。正是由于我，我们这颗星球将会向您揭示它最后的秘密。"我不能否认船长的这些话对我产生了很大的影响，所以我只是这样回答他："先生，如果因为科学的关系，可以把自由忘记的话，那我想知道，我们两人的相遇是否可能给我巨大的补偿？"

船长淡淡一笑，并不回答，转身要离开。

"最后一个问题。"当这个神秘的人物想退出去的时候，我对他说。

"教授先生，您说吧。"

"我应当怎样称呼您呢？"

船长回答："对您来说，我不过是尼摩船长；对我来说，您和您的同伴是诺第留斯号的乘客。"尼摩船长喊人，一个侍者进来。船长用我听不懂的那种语言吩咐了几句。然后，他转身对加拿大人和康塞尔说："请跟着这个人去你们的舱房吧，正等着你们进餐呢。"于是康塞尔和加拿大人跟着那个人，走出了这间小房子。

"阿尤纳斯先生，现在午餐已经准备好了，让我给您引路。"我跟在船长后面，一出房门，便走上一条有电光照耀的走廊，像是船上的过道。走了十多米后，第二道门在我眼前打开。

我走进了餐厅，餐厅内有闪闪发光的陶器、瓷器、玻璃制品、金银制的餐具，天花板上绘有精美的图画，光线柔和而悦目。

餐厅的中间摆着一桌丰盛的菜，尼摩船长指着一个位子，对我说："请坐，别客气。"午餐有好几道菜，全是海里的，其中有些荤菜，我简直叫不出它们的名字。我承认这些食物都很好吃。

我一一尝过了，与其说是由于贪食，不如说是因为好奇："船长，您喜欢海吧？"

"是的，我爱海！海是包罗万象的！"他的面容又现出初识的冷淡，他转身对我说，"教授，如果您愿意了解一下我们的诺第留斯号，我愿意为您效劳，领您四处看看。"

尼摩船长站了起来，我跟随他走，先后参观了豪华且古典风格、具有各种文字的科学、哲学和文学书籍的图书馆，抽烟室，陈列着大批珍贵贝壳及海生植物的博物馆式大客厅，舒适迷人的我的房间，简朴并在墙壁上挂满了各种仪器（有温度表、湿度表、暴风镜、罗盘、六分仪、经线仪、日用和夜用望远镜、流体压力计等）的船长的房间，厨房，储藏室，以及在大船顶上附着的一艘小艇，最后来到了这艘船的心脏。

这位神秘人物一边带着我参观，一边向我做着介绍。他真是一位了不起的人物，能从海水中的氯化钠中提取出钠，跟汞混合，制成一种可以代替电池中所需锌的合金，并使它成为一种强大、快捷、方便的原动力——电，它是这艘船光与热的来源，是所有机械的灵魂，还能带动抽气机制造空气，让空气储存起来。

抽着用一种稀有的含有烟精的海藻造成的雪茄，我们坐在一间豪华客厅的沙发上。尼摩船长在我面前摊开一张图纸，这是诺第留斯号的立体工程图，每个部位都一目了然。对于这艘船的种种构造细节及它在航行过程中各种工作原理，我没有必要提出怀疑，因为这艘诺第留斯号就是最好的力证。

反正我已经不可能再逃走了，于是，这位船长毫不掩饰地告诉我诺第留斯号如何建成的秘密。无疑，正如我猜测的那样，它是他亲自设计的。船的每一块材料都是在世界上的不同国家定做的，组装工作是在大洋中的一个荒岛上完成的。大功告成后，尼摩船长就放了一把火，消除了岛上遗留的所有痕迹。而参与这项工作的工人，则是如今在诺第留斯号跟船长一起探险的伙伴们。尼摩船长计算了一下建造这艘船的费用,大约是五百万法郎。这着实让我吃惊。

"尼摩船长,您很有钱吗?"我忍不住问道。

"无限的富有,法国的几十亿国债我可以轻易地偿清!"

我注视着这位在我面前牛气冲天的古怪人物。难道他以为我是一个对经济一窍不通的白痴而故意吹牛的吗?我想,将来我一定有机会知道他这话是真是假。

(选自《海底两万里》,译林出版社,2002年版)

【交流之窗】

以前作为科学幻想的潜水艇已经成为事实,不得不佩服凡尔纳的"异想天开",然而我还不由得好奇,人类真的能完全离开大陆,永久生活在海洋世界吗?海洋真的能为人类的正常生活提供一切吗?未来某一天,人类能移居到海底生存,只需偶尔浮出水面透会儿气就可以了吗?科技,是多么具有挑战性,多么美妙的东西啊!过去的幻想,有可能成为未来的事实,只要它不被仇恨左右,像尼摩船长一样。

F博士的枕头

星新一

星新一(1926—1997),日本现代科幻小说作家,日本微型小说鼻祖。

F博士在小小的研究室里大声地说道:"啊,我终于完成了这项重大的发明。"

隔壁邻居的主人听到这话后便走过来问道:"你发明了什么呀?看上去就像枕头似的。"

附近的桌子上仿佛很珍贵地放着一件东西,无论是大小,还是形状,都很像枕头。

"确实,这是一只睡觉时用来垫头的枕头。但并不是普通的枕头。"

F博士把枕头打开,用手指着里面。在枕头里面密密麻麻地装满了各种电池和电气零件。

"这是了不起的东西吧?只要一使用这个枕头,大概就能做出美妙的梦来吧?"隔壁的主人惊奇地瞪圆着眼睛问道。

"不,还有更妙的用处。这是一种能够在睡梦中进行学习的装置。就是说,在睡着的时候,枕头里储存着的许多知识就会变成电波,并且被输送到脑袋里去。"

"这好像是很便利的事情啊。那么,能学点儿什么东西呢?"

"这还只是试制品,所以只能学习英语。在睡着的时候,就能够说英语了。可是,倘若再进一步加以改良的话,就无论什么学问都可以同样方便地学到。"

"这不是十分惊人的发明吗?不管多么懒惰的人,只要夜里用这个枕头枕着睡上一觉的话,随便什么知识全都可以掌握了。"邻居对F博士钦佩地说。

F博士得意洋洋地点着头回答说:"是那样的。近来不愿意努力学习的人很多。那些人也都很想买这种枕头吧。所以,借此机会,我也能发大财啦。"

"假如真的有效果的话,那一定是谁都想要的。"

"当然啰,效果肯定会是这样的。"

隔壁的主人向F博士询问道:"这么说来,你还没有试验过呀。"

"是的。我专心致志地从事这方面的研究,并且终于完成了。可是,一想到自己已经是懂英语的人了,所以,自己就不能进行试验了。"说着,F博士的脸色显得略有些为难了。

隔壁的主人仿佛有些难为情似的探出身体来说道:"那么,请让我来试用一下吧。我虽然非常讨厌学习,可是也想掌握一手高明的英语。请务必答应我的要求。"

"当然可以。哟,我没料到志愿者这样快就出现了。"

"大约需要多少时间呢？"

"一个月左右就可以相当熟练了。"

"非常感谢。"

隔壁的主人拿着新发明的枕头，高高兴兴地回去了。可是，过了两个月左右，他又无精打采地跑来把枕头还给F博士。

"从那次拿枕头起到现在，我一直在试着使用这个枕头，可是到现在我一句英语也不会讲。所以我不用它了。"

F博士检查着枕头里的零件，自言自语地说："奇怪呀，并没有发生什么故障。究竟是哪里弄错了呢？"

可是，假如不灵验的话，这东西也就没有什么用处了。好不容易才发明的东西竟然会没有用了。

不久以后，有一次，F博士在路上遇到了邻居家的小女孩，便招呼道："喂，这些日子你父亲身体好吗？"

"好哇。只是有点儿奇怪。这些天来，他在睡着的时候，竟然用英语说梦话。以前可从来没有过这样的怪事。这是怎么搞的呀？"

要在睡着的时候才会对学习有用处。唉，毕竟还只是在睡着的时候呀。

（选自《星新一微型小说选》，湖南人民出版社，1984年版）

【交流之窗】

　　星新一的这篇文章让人想起1999年的高考作文"假如记忆可以移植"。知识更新迅速，社会竞争激烈，对大脑学习能力的开发就自然成为一个与时俱进的新命题，希望这些科学幻想早日成为现实，那么我们的生活就会有更多闲暇和乐趣。

《三体》选读之《智子》

刘慈欣

刘慈欣,工程师,作家。

八万五千三体时(约8.6个地球年)后。

元首下令召开三体世界全体执政官紧急会议,这很不寻常,一定有什么重大的事件发生。

两万三体时前,三体舰队启航了,它们只知道目标的大致方向,却不知道它的距离。也许,目标处于千万光时之外,甚至在银河系的另一端,面对着前方茫茫的星海,这是一次希望渺茫的远征。

执政官会议在巨摆纪念碑下举行。(汪淼在阅读这一段信息时,不由得联想到《三体》游戏中的联合国大会,事实上,巨摆纪念碑是游戏中少数在三体世界中真实存在的事物之一。)

元首选定这个会址,令大多数与会者迷惑不解。乱纪元还没有结束,天边刚刚升起了一轮很小的太阳,随时都可能落下,天气异常寒冷,以至于与会者不得不穿上全封闭的电热服。巨大的金属摆气势磅礴地摆动着,冲击着寒冷的空气,天边的小太阳把它的影子长长地投射到大地上,像一个顶天立地的巨人在行走。众目睽睽之下,元首走上巨摆的基座，扳动了一个红色的开关，转身对执政官们说：

"我刚刚关闭了巨摆的动力电源，它将在空气阻力下慢慢地停下来。"

"元首，为什么这样？"一位执政官问。

"我们都清楚巨摆的历史含义，它是用来对上帝进行催眠的。现在我们知道，上帝醒着对三体文明更有利，它开始保佑我们了。"

众人沉默了，思索着元首这话的含义。在巨摆摆动了三次之后，有人问："地球文明回电了？"

元首点点头，"是的，半个三体时前我得到的报告，是回答那条警告信息的。"

"这么快？！现在距警告信息发出仅八万多时，这就是说，这就是说……"

"这就是说，地球文明距我们仅四万光时。"

"那不就是距离我们最近的那颗恒星吗？！"

"是的，所以我说：上帝在保佑三体文明。"狂喜在会场上蔓延开来，但又不能充分表现，像被压抑的火山。元首知道，让这种脆弱的情绪爆发出来是有害的，于是，他立刻对"火山"泼了盆冷水："我已经命令三体舰队航向这颗恒星，但事情并不如你们想象的那样乐观，照目前的情况看，舰队是在航向自己的坟墓。"

元首这话使执政官们立刻冷静下来。

"有人明白我的意思吗？"元首问。

"我明白。"科学执政官说,"我们都仔细研究过第一批收到的地球信息,其中最值得注意的是他们的文明史。请看以下事实:人类从狩猎时代到农业时代,用了十几万地球年时间;从农业时代到工业时代用了几千地球年;而由工业时代到原子时代,只用了二百地球年;之后,仅用了几十个地球年,他们就进入了信息时代。这个文明,其有可怕的加速进化能力!而在三体世界,已经存在过的包括我们在内的二百个文明中,没有一个经历过这种加速发展,所有的三体文明的科学和技术的进步都是匀速甚至减速的。我们世界的各个技术时代,都需要基本相同的漫长的发展时间。"

元首接着说:"现实是,在四百五十万时后,当三体舰队到达地球所在的行星系时,那个文明的技术水平已在加速发展中远超过我们!三体舰队经过那么漫长的航行,中间还要穿越两条星际尘埃带,很可能只有一半的飞船到达太阳系,其余的将损失在漫长的航程中。到那时,三体舰队在地球文明面前将不堪一击——我们不是去远征,是去送死!"

"如果真是这样,元首,还有更可怕的……"军事执政官说。

"是的,这很容易想到。三体文明的位置已经暴露,为了消除未来的威胁,地球的星际舰队将反攻我们的星系。很可能,在膨胀的太阳把这颗行星吞没之前,三体文明已经被地球人消灭了。"

光明灿烂的前景突然变得如此黯淡,使会场沉默了好久。

元首说:"我们下一步要做的,就是遏制地球文明的科学发展。

早在收到第一批信息时,我们就开始制订这方面的计划。现在,实现这些计划出现了一个很有利的条件:我们这次收到的回答信息,是由地球文明的一个背叛者发出的,那么我们有理由猜测,地球文明的内部存在着相当多的异己力量,我们要充分利用这种力量。"

"元首,谈何容易,我们与地球的联系细若游丝,八万多时才能完成一次应答。"

"也不尽然,同我们一样,地球世界得知外星文明的存在对整个社会来说是一个巨大的冲击,将对文明内部产生深远影响。我们有理由预测,地球文明内部的异己力量将汇集和增长。"

"那他们能做什么呢?进行破坏吗?"

"在长达四万时的时间跨度上,任何传统的战争和恐怖活动的战略意义都不大,都可以得到恢复。在这样长的时间跨度上,要想有效遏制一个文明的发展,解除其武装,办法只有一个,杀死它们的科学。下面,请科学执政官简单介绍一下我们已经制订的三个计划。"

"第一个计划代号'染色'。"科学执政官说,"利用科学和技术产生的副作用,使公众对科学产生恐惧和厌恶,比如我们世界中技术发展导致的环境问题,想必在地球上也存在,染色计划将充分利用这些因素。第二个计划代号'神迹'。即对地球人进行的超自然力量的展示,这个计划力图通过一系列的'神迹',建造一个科学逻辑无法解释的虚假宇宙。当这种假象持续一定时间后,将有可能使三体文明在那个世界成为宗教信徒的崇拜对象,在地球的思想界,非科学的思维方式就会压倒科学思维,进而导致整个科学思想体系的崩溃。"

"如何产生神迹呢?"

"神迹之所以成为神迹,关键在于它是地球人绝对无法识破的。这可能需要我们向地球异己力量输入一些高于他们现有水平的技术。"

"这太冒险了,最后谁会得到这些技术?简直是玩火!"

"当然,输入什么层次的技术来产生神迹,还有待于我们进一步研究……"

"请科学执政官停一下!"军事执政官站起来说,"元首,我想表明自己的看法:这两个计划对杀死人类的科学,几乎起不到什么作用。"

"但做总比不做强。"科学执政官抢在元首回答前争辩道。

"也仅此而已。"军事执政官不屑地说。

"我同意你的看法,'染色'和'神迹'两个计划,只能对地球科学发展产生一些干扰。"元首对军事执政官说,然后转向所有与会者,"我们需要一个决定性的行动,彻底窒息地球的科学,使其锁死在现有水平。在这里,我们需要抓住重点:科学技术的全面发展取决于基础科学的发展,而基础科学的基础又在于对物质深层结构的探索,如果这个领域没有进展,科学技术整体上就不可能产生重大突破。其实,这并非只是针对地球文明,也是针对三体文明要征服的所有目标,早在首次收到外星信息之前,我们就在做着这方面的努力,近期的步伐大大加快了。各位请看,那是什么?"

元首指指天空,执政官们向那个方向抬头仰望,看到太空中的一个圆环,在阳光中发出金属的光泽。

"那不是用于建造第二支太空舰队的船坞吗?"

"不是,那是一台正在建造的巨型粒子加速器。建造第二支太空舰队的计划取消了,其资源全部用于智子工程。"

"智子工程?!"

"是的,在场的人至少有一半不知道这个计划,我现在请科学执政官把它介绍给大家。"

"我知道这个计划,但没想到已经进行到这个程度。"工业执政官说。

文教执政官:"我也知道,但感觉那像个神话。"

"智子工程,简而言之就是把一个质子改造成一台超级智能计算机。"科学执政官说。

"作为一个广为流传的科学幻想,这大家都听说过。"农业执政官说,"但要成为现实,还是太突然了些。我知道,物理学家们已经能够操控微观世界十一维结构中的九维,但我们还是无法想象,他们能把一把小镊子伸进质子,在里面搭建大规模集成电路吗?"

"当然不行,对微观集成电路的蚀刻,只能在宏观中进行,而且只能在宏观的二维平面上进行。所以,我们需要将一个质子进行二维展开。"

"把九维结构展开成二维？面积有多大？"

"很大，您会看到的。"科学执政官微笑着说。

时光飞逝，六万个三体时又过去了。在太空中的巨型加速器完全建成后的两万个三体时，对质子的二维展开将要在三体行星的同步轨道上进行。

这是一个恒纪元风和日丽的日子，天空十分纯净。同八万个三体时前舰队启航的时候一样，三体世界的人们都在仰望着太空，看着那巨大的圆环。元首和全体执政官再次来到了巨摆纪念碑下，巨摆早已静止，摆锤如一块稳定的磐石凝固在高大的支架间，看上去很难相信它曾经运动过。

科学执政官发出了二维展开的启动命令。太空中，圆环周围有三个立方体，那是为加速器提供能量的聚变发电站，现在，它们那形状像长翅的散热片渐渐发出暗红色的光。科学执政官向元首报告展开正在进行，人们紧张地仰望着太空中的加速器，什么都没有发生。

十分之一个三体时后，科学执政官捂着耳机听了一会儿，说："元首，很遗憾，展开失败了，多减了一个维度，目标质子被减成一维。"

"一维？一条线？"

"是的，一条无限细的线，从理论上计算，它的长度有一点五千光时。"

"哼！"军事执政官说，"花费了一支太空舰队的资源，就得到这么个结果？"

"这是科学实验,总有个调试的过程,这才是第一次展开实验嘛。"人们带着失望散开了,但事情并没有完。本来以为被一维展开的质子将永远运行在行星的同步轨道上,但由于太阳风暴产生的阻力使其减速,一部分一维丝还是落入了大气层。六个三体时后,来到户外的人们发现周围有奇怪的闪光,那些闪光呈细丝状,转瞬即逝,出没不定。他们很快从新闻中得知,这是被展开成一维的质子在引力的作用下飘落到地面上来了。虽然这些一维丝是无限细的,但它的核力场还是能够反射可见光,还是能够被看到。这是人们第一次看到不是由原子构成的物质,它们本身只是一个质子的一小部分。

"这些东西真讨厌。"元首不断地用手拂脸,此时他正同科学执政官一起站在政府大厦前宽阔的台阶上,"我总是感到脸上痒。"

"元首,这只是您的心理作用。所有一维丝的质量之和也就相当于一个质子,所以它们对宏观世界几乎不产生任何作用,当然也没有任何害处,就像不存在一样。"

但空中落下的一维丝越来越密,在阳光下,地面附近的空间中充满了细小的闪光,太阳和星辰看上去都围着一圈银色的绒边。外出的人们身上缠满了一维丝,走动时拖着一片细小闪光。他们回到室内后,一维丝在灯光下闪亮,只要他们一活动,细丝的反光就在他们周围描绘出被他们扰动的空气的形状。虽然一维丝只能在光线下看到,不产生任何触觉,但这也够令人心烦意乱的了。

一维丝的暴雨整整下了二十多个三体时才停止,这并非因为细丝都落到地面上，它们的质量虽然令人难以想象的微小，但还是有的，所以在重力下的加速度与普通物体一样，但一进入大气层，就立刻完全受气流控制，永远也不会落下。但在一维展开后，质子内部的强互作用力大大减弱，使得一维丝的强度不大，渐渐断裂成小段，反射的光肉眼看不见了，人们就感觉它们消失了。一维丝的尘埃在三体世界的空间中是永远飘浮着的。

五十个三体时后，质子的二维展开第二次进行。这一次，地面上的人们很快看到了异兆，当聚变发电站的散热片发出红光后，在加速器的位置上，突然出现了几个巨大的物体，都呈很规则的几何形状，有球体、四面体、立方体和锥体等，它们的表面色彩很复杂，细看发现原来是根本没有色彩，几何体的表面都是全反射的镜面，人们看到的只是被映照的行星表面扭曲的图像。"这次成功吗？"元首问。

科学执政官回答："元首，这次仍不成功，我得到加速器控制中心的报告，这次少减了一个维度，目标质子被展开成三维。"

巨大的镜面几何体以很快的速度继续涌现，形状也更加多样化，有环状和立体十字形，甚至还出现了一个类似于默比乌斯带的扭环。所有几何体从加速器的位置飘移开去。约半个三体时后，这些几何体布满了大半个天空，像是一个巨人孩子在苍穹中撒了一盒积木。几何体反射的阳光使地面的亮度增加了一倍，且闪烁不定，巨摆的影子在从这投到地面的天光中时隐时现，左右摇摆；接着，所有的几何体开始变形，渐渐失去了规则的形状，像受热熔化似的。这种变形愈演愈烈，变化的形状越来越纷乱复杂，现在天空中的东西不再使人联想到积木，更像是一个巨人被肢解后的肢体和内脏。由于形状的不规则，它们散射到地面上的阳光均匀柔和了一些，但其本身表面的色彩却更加怪异和变幻莫测。

在布满天空的这些杂乱的三维体中，有一些引起了地面观察者们的特别注意，首先是因为这些三维体极其相似，再细看时，人们辨认出了它们所表达的东西，一阵巨大的恐怖感席卷整个三体世界。

那都是眼睛！（我们不知道三体人眼睛的形状，但有一点可以肯定：任何智慧生物对眼睛的图像都是十分敏感的。）

元首是少有的真正保持着镇静的人，他问科学执政官："一个微观粒子，内部的结构能复杂到什么程度？"

"那要看从几维视角来观察了。从一维视角看微观粒子，就是常人的感觉，一个点而已；从二维和三维的视角看，粒子开始呈现出内部结构；四维视角的基本粒子已经是一个宏大的世界了。"

元首说："宏大这种词用在质子这样的微观物上，我总觉得不可思议。"科学执政官没有理会元首，自顾自地说下去："在更高维度上，粒子内部的复杂程度和结构数量急剧上升，我在下面的类比不准确，只是个形象的描述而已：七维视角的基本粒子，其复杂程度可能已经与三维空间中的三体星系相当；八维视角下，粒子是一个与银河系一样宏大浩渺的存在；当视角达到九维后，一个基本粒子内部结构的数量和复杂程度，已经相当于整个宇宙。至于更高的维度，我们的物理学家还无法探测，其复杂度我还想象不出来。"

元首指指太空中那些巨大的眼睛，"眼前的事情是不是表明，被展开的质子所包含的微观宇宙中，存在智慧生命？"

"生命这个定义，用在高维度微观宇宙中怕不合适，更准确些，我们只能说那个宇宙中存在智能或智慧。这样的可能科学家们早已预测到了，那样复杂宏大的一个世界，如果没有演化出智慧这样的东西反倒是不正常了。"

"它们为什么变化出眼睛来看着我们？"元首仰望天空。那些太空中的眼睛是很精美的雕塑，栩栩如生，它们都看着下面的行星，目光似乎很诡异。

"也许只是想显示自己的存在吧。"

"那些东西都会落到地面上来吗？"

"不会的，请元首放心。即使落下来，与上次一维展开的细丝一样，这些巨大的物体全部质量之和也就相当于一个质子而已，不会对我们的世界产生任何影响。人们要做的，只是使自己的心理适应这种奇观而已。"但这次，科学执政官错了。

现在，人们可以觉察到，在布满天空的所有三维体中，"眼睛"们的移动速度明显地比别的几何体快，而且它们都在向着同一点汇聚。很快，两个眼睛相遇了，合为一体，合成后的形状仍是眼睛，只是体积增大了。更多的"眼睛"加入合成体，后者的体积也在迅速增大。最后，所有的"眼睛"合为一体，这颗"眼睛"是如此巨大，仿佛代表着整个宇宙在盯着三体世界。它的眸子清澈明亮,中心映着一轮太阳,在广阔的眼睑上,缤纷的色彩如洪水般滚滚而过。时间不长,"巨眼"表面的细节开始变淡,渐渐消失了,"巨眼"变成了一只没有眸子的盲眼;然后,它的形状开始改变,最后完全失去了眼睛的形状,变成一个完美的圆。当这个巨圆开始缓缓转动时,人们发现它并不是平面,而是一个抛物面,像从一个巨球上切下的一部分。

军事执政官盯着空中那个缓缓转动的巨物,突然悟出了什么,喊道:"元首,快,还有其他人,快进地下掩蔽室!"他指着上方,"它是……"

"一面反射镜,"元首冷静地说,"命令太空防御部队立刻摧毁它,我们就在这里看,哪儿也不去。"反射镜聚焦的阳光这时已经投射到三体行星上,最初光斑的面积很大,焦点的热量还不具杀伤力。这个光斑在大陆上移动着,寻找着目标。反射镜显然发现了首都这个最大的城市,光斑向这里移来,很快将首都罩在它的范围内。巨摆纪念碑下的人们只看到太空中出现一团巨大的光亮,这光强得掩去了空中其他的一切。与此同时,人们感到了一阵酷热袭来。笼罩首都的大光斑在迅速收缩,这是反射镜在进一步聚焦阳光,太空中的光团亮度继续增强,使人们不能抬头,光斑内的人们则感到热度在急剧增加。就在酷热已不可忍受之时,光斑的边界扫过了巨摆纪念碑,一切都骤然停了下来。这里的人们花了好一会儿才使眼睛适应了正常的光亮。他们抬头首先看到的是一根顶天立地的光柱,呈倒锥形,太空中的反射镜就是光锥的底部,光锥的头部正刺中首都的中心,使那里的一切都在短时间内变成白炽状态,滚滚的烟柱从那里腾空而起,被光锥的不均匀热量引发的龙卷风则形成了另外几根接天的尘柱,围绕着光锥扭动舞蹈着……

几团耀眼的火球在反射镜的不同部分出现了。它们的颜色与反射镜发出的光芒不同,是蓝色的,这是三体世界太空防御部队发射的核弹在目标上爆炸。由于爆炸是在大气层外进行的,听不到声音。当这几团火球熄灭时,反射镜上出现了几个大洞,然后整个镜面开始撕裂,最后破裂成十几块。与此同时,死亡光锥消失了,世界重新回到正常的光亮中,人们一时间觉得一切像月夜般昏暗。那些已失去了智能的碎块继续变形,很快与太空中其他的几何体混在一起不分彼此了。

"下次展开实验会怎么样?"元首带着嘲讽的神情对科学执政官说,"会不会把一个质子展开成四维?"

"元首,即使这样也问题不大,四维展开后的质子体积要小很多,如果太空防御部队做好准备,对其在三维空间的投影进行攻击,同样可以摧毁它。"

"你在欺骗元首!"军事执政官愤怒地对科学执政官说,"你闭口不提真正的危险!如果,质子被零维展开呢?"

"零维?"元首饶有兴趣地问,"那就是一个没有大小的点了。"

"是的,奇点!一个质子与它相比都是无限大,这个质子的所有质量将包含在这个奇点中,它的密度将无限大!元首,您当然能想象出这是什么东西。"

"黑洞？"

"是的。"

"元首，是这样——"科学执政官连忙解释道，"我们选择质子而不是中子进行二维展开，目的就是为了避免这种危险。万一零维展开真的出现，质子带有的电荷也会转移到展开后形成的黑洞中，我们就能用电磁力捕捉和控制住它。"

"万一你们根本找不到它或控制不住呢？"军事执政官质问道，"它就可能降落到地面上来，在途中吸进遇到的一切物质迅速增加质量，然后沉到我们行星的地心中，最后把整个三体世界都吸进去！"

"这事情不会发生，我保证！你干吗总跟我过不去？我说过，科学实验嘛……"

"够了！"元首说，"下次的成功率有多大？"

"几乎是百分之百！元首，请相信我，通过这两次失败我们已经掌握了微观至宏观低维展开的规律。"

"好吧，为了三体文明的生存，这个险必须冒。"

"谢谢元首！"

"但，如果下次还是失败，你，还有参与智子工程的所有科学家，都有罪了。"

"是的，当然，都有罪。"如果三体人能出汗的话，科学执政官一定抹了一把冷汗。

对同步轨道上三维展开的质子的清理要比一维展开的质子容易得多，用小型飞船就能把那一团团质子物质拖离行星近地空间，避免它们进入大气层。那些像山脉一样的物质几乎没有质量，仿佛是巨大的银色幻影，一个婴儿就能轻松地拖动它们。

事后，元首问科学执政官："在这次实验中，我们是不是毁灭了微观宇宙中的一个文明？"

"至少是一个智慧体吧，而且，元首，我们毁灭的是整个微宇宙。那个宇宙在高维度上是很宏大的，可能存在的智慧或文明显然不止一个，只是它们没有机会向宏观世界表现自己而已。当然，在微观尺度的高维空间，智慧和文明的形态是我们绝对无法想象的，它们完全是另一种东西。还要说明：这种事可不是第一次发生了。"

"哦？"

"在漫长的科学发展史上，物理学家们用加速器撞击过多少质子？又撞击过多少中子和电子？可能不下一亿次吧。每一次撞击，对那个微宇宙中的智慧或文明都可能是毁灭性的。其实，即使在大自然中，微宇宙的毁灭也是每时每刻都在发生的，比如质子和中子的衰变，还有，进入大气层的一束高能宇宙射线就可能毁灭成千上万个微宇宙……您不会为此多愁善感起来吧？"

"你很幽默。我要马上通知宣传执政官，让他把这个科学事实向全世界反复渲染，让三体人民明白，文明的毁灭，其实是一件在宇宙中每时每刻都在发生的再普通不过的事。"

"这有什么意义呢？是让人民能够坦然面对三体文明可能的毁灭吗？"

"不，是让他们坦然面对地球文明的毁灭。你也知道，在我们对地球文明的基本政策公布后，激发起一些极其危险的和平主义情绪。我们现在才发现，三体世界中像1379号监听员这样的人其实是很多的，必须控制和消除这种脆弱的情绪。"

"元首，这种情绪主要是由最近来自地球的新信息引起的。您的预测实现了，地球上的异己力量果然在发展，他们建立了一个完全由自己控制的发射基地，开始源源不断地向我们发送大量地球文明的信息。我得承认，地球文明在三体世界是很有杀伤力的，对我们的人民来说，那是来自天堂的圣乐。地球人的人文思想会使很多三体人走上精神歧途，三体文明在地球已经成为一种宗教，而地球文明在三体世界也有这个可能。"

"你指出了一个巨大的危险，应该严格限制来自地球的信息流入民间，特别是文化信息。"

质子二维展开的第三次实验在三十个三体时后进行，这次是在夜间。从地面上看不到太空中的加速器圆环，只有旁边聚变发电站散热片的红光标示出它的位置。加速器启动后不久，科学执政官就宣布展开成功。人们仰望夜空，开始什么都没看到，但很快，他们发现了一个神奇的迹象：星空分成了两部分，这两部分中星群的图案是对不上的,仿佛两张星空图片叠在一起,小的那张放在大的上面,银河在两者的边界处被截断。小部分的星空是圆形的,正在正常的星空背景上迅速扩大。

"那里面的星座是南半球的!"文教执政官指着正在扩大的圆形星空说。当人们正在穷尽自己的想象力,试图理解在行星另一面才能看到的星空是如何叠印到北半球的夜空上时,一个更惊人的景象出现了:在那片扩大中的南半球星空移动的边缘,出现了一个巨大球体的一部分,那个球体呈褐色,正在像一个速度很慢的显示屏上的图像一样被扫描出来,那是一个大家都很熟悉的球体,上面清晰地显现着熟悉的大陆形状。当球体的显示完成后,它已占据了三分之一的天空,其表面的细节可以看得更清楚了:褐色的陆地上布满了山脉的褶皱,一片片云层好像是紧贴着大陆的残雪……

这时才有人说出了一个事实:"那是我们的行星!"

是的,太空中出现了另一个三体世界。紧接着,天色亮了起来,在太空中的第二三体行星旁边,扩大的南半球星空的边界又扫描出了一轮太阳,这显然是现在正照耀着南半球的那个太阳,但似乎只有它的一半大小。

现在,终于有人悟出了事情的真相:"那是一面镜子!"

这面在三体世界上方出现的巨镜,就是那粒正在被展开成二维平面的质子,这是一个没有厚度的真正意义上的几何平面。当二维展开完成时,苍穹已完全被南半球的星空所覆盖,天顶正中就是三体行星和太阳的镜像。紧接着,周围地平线一圈的星空开始变形,群星的图像被拉长扭曲,像熔化后流动一般。这种变形正由周边向上发展。

"元首,质子平面正在我们星球的引力下弯曲。"科学执政官说。他接着指指星空中刚刚出现的许多光晕,就像有人用晃动的手电照着洞窟的顶。

"那是从地面发出的电磁辐射,对平面的引力弯曲进行调节,以使得质子平面最后把我们的星球完全包裹起来,之后电磁辐射仍将持续发射,像许多根辐条一样维持住这个大球面的稳定,这样三体行星就成了一个固定二维质子的工作平台,在质子平面上集成电路的蚀刻就可以开始了。"

质子的二维平面对三体行星的包裹是一个漫长的过程,当星空的变形逼近天顶的三体行星映像时,群星从上至下依次消失了,已弯曲到行星另一面的质子平面挡住了星空。这时仍有阳光照进已弯曲成曲面的平面质子内,可以看到三体世界的映像在太空中的宇宙哈哈镜里已变得面目全非。当最后一缕阳光消失后,一切都隐入无边的黑暗中。这是三体世界有史以来最黑的夜。在行星的引力和人工电磁辐射的平衡下,质子平面形成了一个半径为同步轨道的大球壳,将行星完全包在球心。

严寒降临了,全反射的质子平面将所有阳光反射回太空,三体世界的气温急骤下降,最后降到了曾导致多轮文明毁灭的三颗飞星同现时的程度。三体世界绝大多数公民脱水贮存,黑暗笼罩的大地上一片死寂。天空中，只有维持质子巨膜的电磁辐射激发的微弱光晕在晃动，偶尔还可以看到同步轨道上的几点灯光，那是在巨膜上进行集成电路蚀刻的飞船。

微观集成电路的原理与普通集成电路完全不同，因为其基材不是由原子构成的，它本身就是一个质子。电路的PN结是对质子平面局部的强互作用力进行扭结而形成，导线也是传导核力介子的。由于电路平面极大，所以电路的宏观尺寸也很大，线路都有发丝粗细，凑近后用肉眼清晰可辨。如果飞近质子平面，就能看到一个由精细复杂的集成电路构成的广阔平原，电路的总面积是其包裹于其中的三体行星陆地面积的几十倍。

质子电路蚀刻是一个庞大的工程，上千艘飞船工作了一万五千个三体时才最后完成，软件的调试又用了五千个三体时，终于到了智子第一次试运行的时刻。

在处于地下深处的智子控制中心的大屏幕上，当冗长的系统自检程序结束后，接着显示系统的加载过程，最后，空白的蓝屏上出现了一行大字：

"微智慧2.10"载入完成，智子一号等待指令。

科学执政官说："现在，智子诞生了，我们赋予了一个质子智慧，这是我们能够制造的最小的人工智能体了。"

"可在我们现在看来，它是最大的人工智能体了。"元首说。

"元首，我们将增加这个质子的维度，它很快会变小的。"说完，科学执政官在控制终端上输入一句询问：

智子一号，空间维度控制功能是否正常？

正常，智子一号随时可以启动空间维度控制功能。

将维度收缩至三维。

这个命令发出后，包裹三体世界的二维质子巨膜迅速收缩，仿佛宇宙中的一只巨手扯开了这个世界的蒙布，几乎在一瞬间，阳光普照大地。质子由二维收缩至三维，变成了同步轨道上的一个巨球，看上去有巨月大小，它正处于星球黑夜的一面，但镜面球面反射的阳光使黑夜变成白昼。现在，外部世界仍然处于极度严寒中，控制室中的人们只能从屏幕上目睹这一切。

维度收缩成功，智子一号等待指令。

将维度收缩至四维。

太空中，巨球迅速收缩，最后看上去只有飞星大小，在星球的这一面黑夜重新降临。

"元首，我们现在看到的这个球体，不是真正的智子，只是其在三维空间的投影。它是一个四维的巨人，我们的世界是一张三维的薄纸，它站在这张纸上，我们只能看到它的脚底与纸相接触的部分。"

维度收缩成功，智子一号等待指令。

将维度收缩至六维。

太空中的小球消失了。

"六维的质子有多大？"元首问。

"半径约五十单位吧。"科学执政官回答。

维度收缩成功,智子一号等待指令。

智子一号,你能看到我们吗?

能,我能看到控制室,看到其中的每个人,还能看到每个人的内脏,甚至还能看到你们内脏的内脏。

"它在说什么?"元首惊奇地问。

"智子从六维空间看三维空间,就像我们看二维平面上的一张画,当然能看到我们的内部。"

智子一号,进入控制室。

"它能穿透地层吗?"元首问。

"元首,不是穿透,而是从高维进入,它可以进入我们世界中任何封闭的空间。这也是三维中的我们和二维平面的关系,我们能轻易从上方进入平面上的一个圆,而平面上的二维生物永远不可能,除非它打破那个圆。"

科学执政官的话音刚落,一个镜面球体便出现在控制室的正中,悬浮在半空中。元首走过去,看着全反射球面上自己变形的映像。"这竟是一个质子?!"他带着惊奇和感叹说。

"元首,这只是质子的六维实体在三维空间的投影而已。"元首伸出手去,看着科学执政官并没有阻止,就接触了智子的表面。在他的手这轻轻一触之下,智子被推移了一段距离。

"好像很光滑。它只有一个质子的质量,可我的手上竟有一点儿阻力感。"元首不解地说。

"空气阻力作用于球体的原因。"

"能让它缩回十一维，变成普通质子大小吗？"元首问。他的话音未落，科学执政官就惊恐地对智子喊道：

"注意，这不是指令！！"

智子一号明白。

"元首，如果缩回十一维，我们就永远失去它了。当智子缩减到普通微观粒子的大小时，它内部的传感器和I/O接口将小于所有电磁波的波长，这就意味着它无法感知宏观世界，也无法接收我们的指令。"

"可我们最终是要让它恢复为一个微观粒子的。"

"是的，但那要等到智子二号、三号和四号建成。一个以上的智子，能够通过某些量子效应，构成一个感知宏观世界的系统。举个例子：假设一个原子核内部有两个质子，它们相互之间会遵循一定的运动规则，比如自旋，可能两个质子的自旋方向必须是相反的。当这两个质子被从原子核中拆开，不管它们相互之间分离到多大距离，这个规则依然有效；改变其中一个质子的自旋方向，另一个的自旋方向也必然立刻做出相应的改变。当这两个质子都被建造成智子的话，它们之间就会以这种效应为基础，构成一个相互感应的整体，多个智子则可以构成一个感应阵列，这个阵列的尺度可以达到任意大小，可以接收所有频段的电磁波，也就可以感知宏观世界了。当然，构成智子阵列的量子效应是极其复杂的,我这种说明只是个比喻而已。"

其后三个质子的二维展开都是一次成功,每个智子的建造时间也只有一号的一半。智子二号、三号和四号建成后,四个智子构成的量子感应阵列也顺利建立。

元首和全体执政官再次来到了巨摆纪念碑下。在他们上方,悬浮着四个已经缩至六维的智子,在每个晶莹的镜面球体中,都各自映出了一轮正在升起的太阳,不由得让人想起那些曾出现在太空中的三维体眼睛。

智子阵列,连续维度收缩至十一维。

指令发出后,四个镜面球体消失了。科学执政官说:"元首,智子一号和二号将飞向地球,凭借着存贮在微观电路中庞大的知识库,智子对空间的性质了如指掌,它们可以从真空中汲取能量,在极短的时间内变成高能粒子,以接近光速的速度航行。这看起来违反能量守恒定律,智子是从真空结构中'借'得能量,但归还遥遥无期,要等到质子衰变之时,而那时离宇宙末日也不远了。"

"两个智子到达地球后,第一个任务就是定位人类用于物理学研究的高能加速器,然后潜伏于其中。在地球文明的科学水平上,对物质深层结构研究所采用的基本方法,就是用经过加速的高能粒子撞击选定的靶标粒子,当靶标粒子被撞碎后,对结果进行分析,以图找出反映物质深层结构的信息。在实际的实验中,是用含有靶标粒子的物质作为撞击目标,物质的内部几乎全是空的,如果一个原子有一座剧院那么大，原子核则只是悬浮在剧院中的一个核桃。所以，成功的撞击是十分罕见的，往往在大量的高能粒子长时间轰击靶标材料后才发生一次，这种试验就像是从夏天的一场暴雨中，找出颜色稍有不同的一个雨点。"

"这就给了智子一个机会，使它可以代替靶标粒子去接受撞击。由于它具有很高的智能，通过量子感应阵列，它们能在极短的时间内精确判断轰击粒子的轨迹，然后移动到适当的位置。所以，对智子撞击的成功率，是对普通靶标粒子的上亿倍。当智子被撞击后，它就会有意给出错误和混乱的结果。即使偶尔有对预定靶标粒子正确的撞击发生，地球物理学家们也不可能将正确的结果从一大堆错误结果中分辨出来。"

"这样，智子不是也被消耗了吗？"军事执政官问。

"不会的。质子已经是组成物质的基本结构，与一般的宏观物质是有本质区别的，它能够被击碎，但不可能被消灭。事实上，当一个智子被击碎成几部分后，就产生了几个智子，而且它们之间仍存在着牢固的量子联系，就像你切断一根磁铁，却得到了两根磁铁一样。虽然每个碎片智子的功能会大大低于原来的整体粒子，但在修复软件的指挥下，各个碎片能迅速靠拢，重新组合成一个与撞击前一模一样的整体智子。这个过程是在撞击发生后，碎片智子在高能加速器气泡室或乳胶感光片上显示出错误结果后完成的，只需百万分之一秒。"

又有人问："是否存在这种可能：地球人用某种方法将智子识

别出来，然后用一个强电磁场将其捕获，并禁锢起来？质子是带正电荷的。"

"这更不可能了。要识别出智子，就需要人类在物质深层结构研究上的突破，但高能加速器都变成了一堆废铁，这种研究又如何进行呢？猎人的眼睛已经先被他要射的猎物抓瞎了。"

"地球人还有一个笨办法，"工业执政官说，"他们可以建造大量的加速器，超过我们建造智子的速度，那么，地球上总有某台加速器中没有智子潜伏，会得到正确的结果。"

"这是智子计划中最有趣的一点！"这个问题使科学执政官兴奋起来，"工业执政官先生，您不必担心建造大量的智子会使三体世界的经济崩溃。我们不必这么做，也许还会再建造几个智子，但不会更多，事实上，有这两个就足够了，因为每个智子在行为上是多线程的。"

"多线程？"

"这是古老的串行计算机的一个术语，那时计算机的中央处理器每一时刻只能运行单一的程序，但由于其速度很快，加上中断的调度，在我们处于低速层面的观察者看来，计算机是在同时运行多个程序。你知道，智子能以接近光速的速度运动，地球世界相对于光速而言是一个很小的地方，如果智子以这个速度在地球上不同的加速器间巡回，那么在地球人看来，它就像同时存在于每台加速器中，能够几乎同时在所有加速器中制造错误的撞击结果。"

"我们计算过,每个智子可以控制多达一万台高能加速器,而地球人建造一台这样的加速器就需要四五年的时间,从经济和资源的角度看也不可能大量建造。当然,他们可以拉大加速器间的距离,比如说在他们星系的各个行星上建造,这确实能破坏智子的多线程操作,但在这样长的时间内,三体世界再造出十个或更多的智子也不困难。越来越多的智子将在那个行星系中游荡,它们合在一起也没有细菌的亿万分之一那么大,但却使地球上的物理学家们永远无法窥见物质深处的秘密,地球人对微观维度的控制,将被限制在五维以下,别说是四百五十万时,就是四百五十万亿时,地球文明的科学技术也不会有本质的突破,他们将永远处于原始时代。地球的科学已被彻底锁死,这个锁是如此牢固,凭人类自身的力量是永远无法挣脱出来的。"

"真是太妙了!请原谅我以前对智子工程的失敬。"军事执政官由衷地说。

"事实上,地球目前只有三台达到了可能取得突破性研究成果所需能级的加速器,智子一号和二号到达地球后将几乎处于闲置状态。为了充分利用它们的工作能力,除对三台加速器进行干扰外,我们还为智子安排了其他的工作,它们将成为实施神迹计划的主要技术手段。"

"智子能够制造神迹?"

"对地球人而言,是的。大家都知道,高能粒子可以使胶片感光,这也是地球原始的加速器显示单个粒子的手段之一,智子在高能态上每穿过一次胶片,就在上面产生一个感光点,它们来回穿过,就可以将这些点连成一排字母或数字,甚至图形,像绣花一样。这个过程速度极快,远快过地球人的相机拍照时胶片的感光速度。另外,地球人的视网膜与三体人类似,这样高能智子也能用同样的方式在他们的视网膜上打出字母、数字或图形……如果说以上这些小神迹能使地球人迷惑和恐惧的话,那下一个巨型神迹足以把那些虫子科学家吓死:智子能使他们眼中的宇宙背景辐射发生整体闪烁。"

"这对我们的科学家也很恐惧,怎样做到呢?"

"很简单,我们已经编制了使智子自行二维展开的软件,展开完成后,用那个巨大的平面包住地球,这个软件还可以使展开后的平面是透明的,但在宇宙背景辐射的波段上,其透明度可以进行调节……当然,智子进行各种维度的展开时,可以显示更宏伟的'神迹',相应的软件也在开发中。这些'神迹'将制造一种足以将人类科学思想引上歧途的氛围,这样,我们可以用神迹计划对地球世界中物理学以外的科学形成强有力的遏制。"

"最后一个问题:为什么不把已有的四个智子全部发往地球呢?"

"量子感应是超距的,即使四个智子分处宇宙的两端,感应照样可以在瞬间传递,它们构成的量子阵列依然存在。把三号和四号智子留在这里,它们就可以实时接收位于地球的一号和二号智子发回的信息,这样就实现了三体世界对地球的实时监视。同时,智子阵列也使三体世界能够与地球文明中的异己分子进行实时通讯。"

"这里有一个重要的战略步骤，"元首插话说，"我们将通过智子阵列，把三体世界对地球文明的真实意图告诉地球人。"

"这就是说，我们将告诉他们，三体舰队将通过长期禁止地球人生育，使这个物种从地球上消失？"

"是的，这样做有两个可能的结果：其一是使地球人抛弃一切幻想决一死战，其二是使他们的社会在绝望和恐惧中堕落、崩溃。通过对已经收到的地球文明信息进行仔细研究，我们认为后一种可能性更大。"

不知什么时候，初升的太阳又消失在地平线下，日出变成了日落，三体世界的又一个乱纪元开始了。

就在叶文洁阅读三体世界的信息时，作战中心正在召开另一次重要会议，对被夺取的信息进行初步研究。会前，常伟思将军说："请同志们注意，我们的会议现在可能已经在智子的监视之下了，以后，任何秘密都将不复存在。"

他说这句话时，周围还是熟悉的一切，拉下的窗帘上摇曳着夏天的树影；但在所有与会者眼中，这个世界已经不同于以往了，他们感觉到了一双无所不在的眼睛盯着自己，在这双眼睛下，这个世界已经无处躲藏，这感觉将缠绕他们一生，连他们的子孙后代也无法逃脱，人类要经过许多年，才能在精神上适应这种处境。

就在常伟思说完这句话的三秒钟后，三体世界与地球叛军之外的人类进行了第一次交流，这以后，他们就中断了与地球三体叛军降临派的通讯，在所有与会者的有生之年，三体世界再也没有发来任何信息。这时，作战中心所有人的眼睛都看到了那个信息，就像汪淼看到倒计时一样，信息只闪现了不到两秒钟就消失了，但所有人都准确地读出了它的内容，它只有五个字——

你们是虫子！

（选自《三体全集》，重庆出版社，2010年版）

【交流之窗】

《三体》是刘慈欣创作的系列长篇科幻小说，由《三体》《三体Ⅱ·黑暗森林》《三体Ⅲ·死神永生》组成，作品讲述了地球人类文明和三体文明的信息交流、生死搏杀及两个文明在宇宙中的兴衰历程。其第一部经过刘宇昆翻译后获得了第73届雨果奖最佳长篇小说奖。《智子》一章展示三体世界对人类世界的邪恶野心，而其中将质子铺展成二维、一维甚至零维或者将质子收缩成四维、六维直至十一维的科技让人瞠目结舌。

● 理性之光

宇宙的未来

史蒂芬·霍金　　杜欣欣　吴忠超　译

　　这篇讲演的主题是宇宙的未来，或者不如说，科学家认为将来是什么样子的。预言将来当然是非常困难的。我曾经起过一个念头，要写一本题为《昨天之明天：未来历史》的书。它会是一部对未来预言的历史，几乎所有这些预言都是大错特错的。但是尽管有这些失败，科学家仍然认为他们能预言未来。（尽管预言宇宙的未来有困难，但科学家仍未失去信心。）

　　在非常早的时代，预言未来是先知或者女巫的职责。这些通常是被毒药或火山隙溢出的气体弄得精神恍惚的女人。周围的牧师把她们的咒语翻译出来，而真正的技巧在于解释。古希腊的德勒菲的著名巫师以模棱两可而臭名昭著。当这些斯巴达人问道，在波斯人攻击希腊时会发生什么时，这巫师回答道：要么斯巴达会被消灭，要么其国王会被杀害（古代巫师的预言，诀窍在于可以随意做出解释。）。我想这些牧师盘算，如果这些最终都没有发生，则斯巴达就会对阿波罗太阳神如此之感恩戴德，以致忽视其巫师做错预言的这个事实。事实上，国王在捍卫特莫皮拉隘道（一般译作"温泉关"）的一次拯救斯巴达并最终击败波斯人的行动中丧生了。(公元前480年,波斯国王薛西斯一世率领大军五十多万、战舰千艘,越过达达尼尔海峡,水陆两路进犯希腊。斯巴达国王列奥尼达斯率领300名斯巴达士兵在特莫皮拉隘道顽强抵抗波斯军,全部战死。波斯军队占领雅典,大肆焚掠。希波战争是希腊诸城邦反抗波斯侵略和压迫的战争,最后以希腊的胜利而结束。)

另一次事件,公元前546年,利迪亚(一般译作"吕底亚",小亚细亚西部的奴隶制国家,在现在的土耳其境内)的首都萨狄斯被波斯国王居鲁士攻破。国王克罗修斯(一般译作"克罗伊斯"),利迪亚的末代国王(约前560—前546年在位)被俘。据说他是古代的巨富之一,他的名字已成为"富豪"的同义语。这位世界上最富裕的人有一次问道:如果他侵略波斯的话会发生什么。其回答是:一个伟大的王国将会崩溃。克罗修斯以为这是指波斯帝国,殊不知正是他自己的王国要陷落,而他自己的下场是活活地在柴堆上受火刑。

近代的末日预言者为了避免尴尬,不为世界的末日设定日期。这些日期使股票市场下泻。虽然它使我百思不得其解,为何世界的终结会使人愿意用股票来换钱,假定你在世界末日什么也带不走的话。

迄今为止,所有为世界末日设定的日期都无声无息地过去了。但是这些预言家经常为他们显然的失败找借口解释。例如,第七日回归的创建者威廉·米勒(1782—1849),美国纽约州农民,近代基督复临运动的创始人。从1831年起开始传道,根据《但以理书》的某些章节推算出基督将于1843年或1844年3月21日第二次降临,赢得了成千上万的追随者。预言虽然失败,但该派仍坚持教义,并于1863年成立了基督复临安息日会。威廉·米勒预言,耶稣的第二次到来会在1843年3月21日至1844年3月21日间发生在没有发生这件事后,这个日期就修正为1844年10月22日。当这个日期通过又没有发生什么事后,又提出了一种新的解释。据说,1844年是第二次回归的开始,但是首先要数出获救者名单。只有数完了名单,审判日才降临到那些不列在名单上的人。幸运的是,数人名看来要花很长的时间。

当然,科学预言也许并不比那些巫师或预言家的更可靠些。人们只要想到天气预报就可以了。但是在某些情形下,我们认为可以做可靠的预言。宇宙在非常大的尺度下的未来,便是其中一个例子。

我们在过去的三百年间发现了制约在所有正常情形下物体的科学定律。我们仍然不知道制约在极端条件下物体的精确的定律。那些定律在理解宇宙如何起始方面很重要,但是它不影响宇宙的未来演化,除非直到宇宙坍缩成一种高密度的状态。事实上,我们必须花费大量金钱建造巨大粒子加速器去检验这些高能定律,便是这些定律对现在宇宙的影响是多么微不足道的一个标志。

即便我们知道了制约宇宙的有关定律,我们仍然不能利用它们去预言遥远的未来。这是因为物理方程的解会呈现出一种称作混沌的性质。这表明方程可能是不稳定的:在某一时刻对系统作非常微小的改变,系统的未来行为很快会变得完全不同。例如,如果你稍微改变一下你旋转轮赌盘的方式，就会改变出来的数字。你在实际上不可能预言出来的数字，否则的话，物理学家就会在赌场发财。

在不稳定或混沌的系统中，一般地存在一个时间尺度，初始状态下的小改变在这个时间尺度将增长到两倍。在地球大气的情形下，这个时间尺度是五天的数量级，大约为空气绕地球吹一圈的时间。人们可以在五天之内做相当准确的天气预报，但是要做更长远得多的天气预报，就既需要大气现状的准确知识，又需要一种不可逾越的复杂计算。我们除了给出季度平均值以外，没有办法对六个月以后做具体的天气预报。

我们还知道制约化学和生物的基本定律，这样在原则上，我们应能确定大脑如何工作。但是制约大脑的方程几乎肯定具有混沌行为，初始态的非常小的改变会导致非常不同的结果。这样，尽管我们知道制约人类行为的方程，但在实际上我们不能预言它。科学不能预言人类社会的未来或者甚至它有没有未来。其危险在于，我们毁坏或消灭环境的能力的增长比利用这种能力的智慧的增长快得太多了。

宇宙的其他地方对于地球上发生的任何事物根本不在乎。绕着太阳公转的行星的运动似乎最终会变成混沌，尽管其时间尺度很长。这表明随着时间流逝，任何预言的误差将越来越大。在一段时间之后，就不可能预言运动的细节。我们能相当地肯定，地球在相当长的时间内不会和金星相撞。但是我们不能肯定，在轨道上的微小扰动会不会积累起来，引起在十几亿年后发生这种碰撞。太阳和其他恒星绕着银河系的运动,以及银河系绕着其局部星系团的运动也是混沌的。我们观测到,其他星系正离开我们运动而去,而且它们离开我们越远,就离开得越快。这意味着我们周围的宇宙正在膨胀:不同星系间的距离随时间而增加。

我们观察到的从外空间来的微波辐射(指宇宙微波背景辐射),即来自宇宙空间背景上的各个方向同性的微波辐射,是宇宙之初"大爆炸"的余热,温度比开氏绝对零度高2.7度,习惯上称为3K辐射。1965年美国科学家彭齐亚斯和威尔逊因共同发现宇宙微波背景辐射而获1978年诺贝尔物理学奖。背景给出这种膨胀是平滑而非混沌的证据。你只要把你的电视调到一个空的频道就能实际观测到这个辐射。你在屏幕上看到的斑点的小部分是由太阳系外的微波引起的。这就是从微波炉得到的同类的辐射,但是要更微弱得多。它只能把食物加热到绝对温度〔即开氏温度,1848年由英国物理学家开尔文(1824—1907)提出,1960年第十一届国际计量大会规定热力学温度以开尔文为单位。开氏的零度称为"绝对零度",等于零下273.15摄氏度,所以不能用来温热你的外卖比萨(一种意大利式的馅饼)〕的2.7度。人们认为这种辐射是热的早期宇宙的残余。但是它最使人印象深刻的是,从任何方向来的辐射量几乎完全相同。宇宙背景探索者卫星已经非常精确地测量了这种辐射。从这些观测绘出的天空图可以显示辐射的不同温度。在不同方向上这些温度不同,但是差别非常微小,只有十万分之一。因为宇宙不是完全光滑的,存在诸如恒星、星系和星系团的局部无规性，所以从不同方向来的微波必须有些不同。但是，要和我们观测到的局部无规性相协调，微波背景的变化不可能再小了。微波背景在所有方向上能够相等到100000分之99999。

上古时代，人们以为地球是宇宙的中心。在任何方向上背景都一样的事实，对于他们而言毫不足怪。然而，从哥白尼时代开始，我们就被降级为绕着一颗非常平凡的恒星公转的一颗行星，而该恒星又是绕着我们看得见的不过是一千亿个星系中的一个典型星系的外边缘公转。我们现在是如此之谦和，我们不能声称任何在宇宙中的特殊地位。所以我们必须假定，在围绕任何其他星系的任何方向的背景也是相同的。这只有在如果宇宙的平均密度以及膨胀率处处相同时才有可能。平均密度或膨胀率的大区域的任何变化都会使微波背景在不同方向上不同。这表明，宇宙的行为在非常大尺度下是简单的，而不是混沌的。因此我们可以预言宇宙遥远的未来。

因为宇宙的膨胀是如此之均匀，所以人们可按照一个单独的数，即两个星系间的距离来描述它。现在这个距离在增大，但是人们预料不同星系之间的引力吸引正在降低这个膨胀率。如果宇宙的密度大于某个临界值，引力吸引将最终使膨胀停止并使宇宙开始重新收缩。宇宙就会坍缩到一个大挤压。这和起始宇宙的大爆炸相当相似。大挤压是被称作奇性的一个东西，是具有无限密度的状态，物理定律在这种状态下失效。这就表明即便在大挤压之后存在事件，它们要发生什么也是不能预言的。但是若在事件之间不存在因果的连接，就没有合理的方法说一个事件发生于另一个事件之后。也许人们可以说，我们的宇宙在大挤压处终结，而任何发生在"之后"的事件都是另一个相分离的宇宙的部分。这有一点像是再投胎。如果有人声称一个新生的婴儿是和某一死者等同，如果该婴儿没从他的以前的生命遗传到任何特征或记忆，这种声称有什么意义呢？人们可以同样地讲，他是完全不同的个体。

如果宇宙的密度小于该临界值，它将不会坍缩，而会继续永远膨胀下去。其密度在一段时间后会变得如此之低，引力吸引对于减缓膨胀没有任何显著的效应。星系们会继续以恒常速度相互离开。

这样，对于宇宙的未来其关键问题在于：平均密度是多少？如果它比临界值小，宇宙就将永远膨胀。但是如果它比临界值大，宇宙就会坍缩，而时间本身就会在大挤压处终结。然而，我比其他的末日预言者更占便宜。即便宇宙将要坍缩，我可以满怀信心地预言，它至少在一百亿年内不会停止膨胀。我预料那时自己不会留在世上被证明是错的。

我们可以从观测来估计宇宙的平均密度。如果我们计算能看得见的恒星并把它们的质量相加，我们得到的，不到临界值的百分之一左右。即使我们加上在宇宙中观测到的气体云的质量，它仍然只把总数加到临界值的百分之一。然而，我们知道，宇宙还应该包含所谓的暗物质，即是我们不能直接观测到的东西。暗物质的一个证据来自于螺旋星系。存在恒星和气体的巨大的饼状聚合体。我们观测到它们围绕着自己的中心旋转。但是如果它们只包含我们观测到的恒星和气体,则旋转速率就高到足以把它们甩开。必须存在某种看不见的物质形式,其引力吸引足以把这些旋转的星系牢牢抓住。

暗物质的另一个证据来自于星系团。我们观测到星系在整个空间中分布得不均匀,它们成团地集中在一起,其范围从几个星系直至几百个星系。假定这些星系互相吸引成一组从而形成这些星系团。然而,我们可以测量这些星系团中的个别星系的运动速度。我们发现其速度是如此之高,要不是引力吸引把星系抓到一起,这些星系团就会飞散开去。所需要的质量比所有星系总质量都要大很多。这是在这种情形下估算的,即我们认为星系已具有在它们旋转时把自己抓在一起的所需的质量。所以,在星系团中我们观测到的星系以外必须存在额外的暗物质。

人们可以对我们具有确定证据的那些星系和星系团中的暗物质的量作一个相当可靠的估算。但是这个估算值仍然只达到要使宇宙重新坍缩的临界质量的百分之十左右。这样,如果我们仅仅依据观测证据,则可预言宇宙会继续无限地膨胀下去。再过五十亿年左右,太阳将耗尽它的核燃料。它会肿胀成一颗所谓的红巨星(光谱呈橙色、红色的巨星称为红巨星)。其形成是因为在恒星演化过程中,由于内部核燃料的耗尽,热核反应的速率减弱,打破了引力与辐射压之间的平衡,恒星的外壳开始燃烧膨胀,直到它把地球和其他更邻近的行星都吞没。它最后会稳定成一颗只有几千公里尺度的白矮星(一类低光度、高温度、高密度的简并态恒星,是恒星演化的一种归宿)。当恒星经过红巨星阶段损失大量质量后,剩下的质量若小于1.44个太阳质量,这颗恒星就演化成白矮星。我正在预言世界的结局,但这还不是。这个预言还不至于使股票市场过于沮丧。前面还有一两个更紧迫的问题。无论如何,假定在太阳爆炸的时刻,我们还没有把自己毁灭的话,我们应该已经掌握了恒星际旅行的技术。

在大约一百亿年以后,宇宙中大多数恒星都已把燃料耗尽。大约具有太阳质量的恒星不是变成白矮星就是变成中子星(恒星在核能耗尽后,经过引力坍缩,依靠简并中子的压力与引力平衡形成的星体),中子星比白矮星更小更紧致。具有更大质量的恒星会变成黑洞(一种特殊的天体,是时间—空间的一个区域。它的基本特征是有一个封闭的视界,由于引力强大,就连光也不能从中逃逸出来,所以黑洞是看不见的),黑洞还更小,并且具有强到使光线都不能逃逸的引力场。然而,这些残留物仍然继续绕着银河系中心每一亿年转一圈。这些残余物的相撞会使一些被抛到星系外面去。余下的会渐渐地在中心附近更近的轨道上稳定下来,并且最终会集中在一起,在星系的中心形成一颗巨大的黑洞。不管星系或星系团中的暗物质是什么,可以预料它们也会落进这些非常巨大的黑洞中去。

因此可以假定,星系或星系团中的大部分物体最后在黑洞里终结。然而,我在若干年以前发现,黑洞并不像被描绘的那样黑。量子力学的不确定性原理〔即德国物理学家海森伯(1901—1976)提出的测不准原理。它的量子力学意义是不能在同一个态中同时准确测量出粒子的位置和速度〕讲，粒子不可能同时具有定义很好的位置和定义很好的速度。粒子位置定义得越精确，则其速度就只能定义得越不精确，反之亦然。如果在一颗黑洞中有一颗粒子，它的位置在黑洞中被很好地定义，这意味着它的速度不能被精确地定义。所以粒子的速度就有可能超过光速，这就使得它能从黑洞逃逸出来，粒子和辐射就这么缓慢地从黑洞中泄漏出来。在一颗星系中心的巨大黑洞可有几百万公里的尺度。这样，在它之内的粒子的位置就具有很大的不确定性。因此，粒子速度的不确定性就很小，这表明一颗粒子要花非常长的时间才能逃离黑洞。但是它最终是要逃离的。在一个星系中心的巨大黑洞可能花10^{90}年的时间蒸发掉并完全消失，也就是"1"后面跟90个"0"。这比宇宙现在的年龄要长得多，它是10^{10}年，也就是"1"后面跟10个"0"。如果宇宙要永远膨胀下去的话，仍然有大量的时间可供黑洞蒸发。

永远膨胀下去的宇宙的未来相当乏味。但是一点也不能肯定宇宙是否会永远膨胀。我们只有大约为使宇宙坍缩的需要密度十分之一的确定证据。然而，可能还有其他种类的暗物质，还未被我们探测到，它会使宇宙的平均密度达到或超过临界值。这种附加的暗物质必须位于星系或星系团之外。否则的话，我们就应觉察到了它对星系旋转或星系团中星系运动的效应。

为什么我们应该认为，也许存在足够的暗物质，使宇宙最终坍缩呢？为什么我们不能只相信我们已有确定证据的物质呢？其理由在于，哪怕宇宙现在只具有十分之一的临界密度，都需要不可思议地仔细选取初始的密度和膨胀率。如果在大爆炸后一秒钟宇宙的密度大了一万亿分之一，宇宙就会在十年后坍缩。另外，如果那时宇宙的密度小了同一个量，宇宙在大约十年后就变成基本上空无一物。

宇宙的初始密度为什么被这么仔细地选取呢？也许存在某种原因，使得宇宙必须刚好具有临界密度。看来可能存在两种解释。一种是所谓的人择原理，它可被重述如下：宇宙之所以是这种样子，是因为否则的话，我们就不会在这里观测它。其思想是，可能存在许多具有不同密度的不同宇宙。只有那些非常接近临界密度的能存活得足够久并包含足够形成恒星和行星的物质。只有在那些宇宙中才有智慧生物去诘问这样的问题：密度为什么这么接近于临界密度？如果这就是宇宙现在密度的解释，则没有理由去相信宇宙包含有比我们已探测到的更多物质。十分之一的临界密度对于星系和恒星的形成已经足够。

然而，许多人不喜欢人择原理，因为它似乎太倚重于我们自身的存在。这样就有人对为何密度应这么接近于临界值寻求另外可能的解释。这种探索导致极早期宇宙的暴涨理论。其思想是宇宙的尺度曾经不断地加倍过，正如在遭受极端通货膨胀的国家每隔几个月价格就加倍一样。然而，宇宙的暴涨更迅猛更极端得多：在一个微小的暴涨中尺度的至少一千亿亿亿倍的增加，会使宇宙这么接近于准确的临界密度，以至于现在仍然非常接近于临界密度。这样，如果暴涨理论是正确的，宇宙就应包含足够的暗物质，使得密度达到临界值。这意味着，宇宙最终可能会坍缩，但是这个时间不会比迄今已经膨胀过的一百五十亿年左右长太多。

现在小结如下：科学家相信宇宙受定义很好的定律制约，这些定律在原则上允许人们去预言将来。但是定律给出的运动通常是混沌的。这意味着初始状态的微小变化会导致后续行为的快速增大的改变。这样，人们在实际上经常只能对未来相当短的时间做准确的预言。然而，宇宙大尺度的行为似乎是简单的，而不是混沌的。所以，人们可以预言，宇宙将永远膨胀下去呢，还是最终将会坍缩。这要按照宇宙的现有密度而定。事实上，现在密度似乎非常接近于把坍缩和无限膨胀区分开来的临界密度。如果暴涨理论是正确的，则宇宙实际上是处在刀锋上。所以我正是继承那些巫师或预言者的良好传统，两方下赌注，以保万无一失。

宇宙局部运动的混沌状态，不妨碍对它的宏观预测。但宇宙的未来是膨胀还是坍缩，尚难定论。

（选自《霍金讲演录——黑洞、婴儿宇宙及其他》，湖南科学技术出版社，1995年版）

【交流之窗】

本文是被誉为当代爱因斯坦的英国科学家霍金1991年1月在剑桥大学的讲演。这篇讲演，从古代巫师的预言，谈到近代世界末日预言和宗教预言，再过渡到对宇宙未来的讨论，主要探讨了宇宙未来的两种命运：一是继续膨胀下去，一是收缩以至于坍缩成一个奇点。膨胀还是收缩，取决于宇宙的平均密度。由于现在只能对星系和星系团等明物质和星系与星系团内的暗物质的量进行分析，而对星系和星系团之外广大空间中有无附加的暗物质目前还不能判断，因此，对宇宙现在的平均密度无法确切估算，对宇宙的未来也只能如同巫师"两方下赌注"，不能有肯定的科学结论。

第五编
科学达人

⊙ 格物致知　邹华桢书

第五编 科学达人

牛顿曾说："如果说我比别人看得更远些，那是因为我站在了巨人的肩上。"是的，如果说我们现在的物质生活足够舒适，精神生活足够富裕的话，那是因为我们生活在无数科学达人为我们开创的新天地里。然而，这片新天地可能成为明天的旧物，"苟日新，日日新"，社会需要日新月异，我们需要承前启后、砥砺前行。瞻仰先辈，以先贤为典范，汲取前辈的科学精神，应该成为我们特别是青少年一代锤炼修养求学上进的高尚追求。说起古今中外的科学巨人，泰勒斯、牛顿、伽利略、安培、赫兹、普朗克、爱因斯坦、伦琴、居里夫妇、霍金、孟德尔，鲁班、张衡、蔡伦、毕昇、李时珍、沈括、郭守敬、祖冲之，李四光、竺可桢、华罗庚、熊庆来、袁隆平、李振声、钱学森、邓稼先、朱光亚等等，不可胜数。贤哲无数，然尺幅有尽，略举数者，希望能激起纯粹的求学之思，以抵御各种强大的"无聊"诱惑。泰勒斯说：赚钱对哲学家来说很容易，但他们兴趣不在此……自己有更有意义的事情需要去做。爱因斯坦在普朗克生日会上的讲话中说道："我常常听到同事们试图把他的这种态度归因于非凡的意志力和修养，但我认为这是错误的。促使人们去做这种工作的精神状态是同信仰宗教的人或谈恋爱的人的精神状态相类似的；他们每天的努力并非来自深思熟虑的意向或计划,而是直接来自激情。"华罗庚说:"树老易空,人老易松,科学之道,诫之以空,诫之以松。我愿一辈子从实以终。"这些清新脱俗的语言足以洗涤已初受熏染的心灵,有了他们,科学的天空会更明澈,人类前进的步伐也会更加自然稳健。

● 文学之花

探索的动机
——在普朗克生日会上的讲话

爱因斯坦　朱长超　编译

在科学的庙堂里有许多房舍，住在里面的人真是各式各样，而引导他们到那里去的动机也实在各不相同。有许多人所以爱好科学，是因为科学给他们以超乎常人的智力上的快感，科学是他们自己的特殊娱乐，他们在这种娱乐中寻求生动活泼的经验和对他们自己雄心壮志的满足；在这座庙堂里，另外还有许多人所以把他们的脑力产物奉献在祭坛上，为的是纯粹功利的目的。如果上帝有位天使跑来把所有属于这两类的人都赶出庙堂，那么聚集在那里的人就会大大减少，但是，仍然还有一些人留在里面，其中有古人，也有今人。

我们的普朗克就是其中之一，这也就是我们所以爱戴他的原因。我很明白，我们刚才在想象随便驱逐的许多卓越的人物，他们对建筑科学庙堂有过很大的也许是主要的贡献；在许多情况下，我们的天使也会觉得难于做出决定。但有一点我可以肯定，如果庙堂里只有被驱逐的那两类人，那么这座庙堂绝不会存在，正如只有蔓草就不成其为森林一样。因为，对于这些人来说，只要有机会，人类活动的任何领域都会去干；他们究竟成为工程师、官吏、商人还是科学家，完全取决于环境。现在让我们再来看看那些为天使所宠爱的人吧。

他们大多数是相当怪僻、沉默寡言和孤独的人，但尽管有这些共同特点，实际上他们彼此之间很不一样，不像被赶走的那许多人那样彼此相似。究竟是什么把他们引到这座庙堂里来的呢？这是一个难题，不能笼统地用一句话来回答。首先我同意叔本华（Schopenhauer）所说的，把人们引向艺术和科学的最强烈的动机之一，是要逃避日常生活中令人厌恶的粗俗和使人绝望的沉闷，是要摆脱人们自己反复无常的欲望的桎梏。一个修养有素的人总是渴望逃避个人生活而进入客观知觉和思维的世界；这种愿望好比城市里的人渴望逃避喧嚣拥挤的环境，而到高山上去享受幽静的生活，在那里透过清寂而纯洁的空气，可以自由地眺望，陶醉于那似乎是为永恒而设计的宁静景色。

除了这种消极的动机以外，还有一种积极的动机。人们总想以最适当的方式画出一幅简化的和易领悟的世界图像；于是他就试图用他的这种世界体系（cosmos）来代替经验的世界，并来征服它。这就是画家、诗人、思辨哲学家和自然科学家所做的，他们都按自己的方式去做。各人把世界体系及其构成作为他的感情生活的支点，以便由此找到他在个人经验的狭小范围里所不能找到的宁静和安定。

理论物理学家的世界图像在所有这些可能的图像中占有什么地位呢？它在描述各种关系时要求尽可能达到最高的标准的严格精密性，这样的标准只有用数学语言才能达到。另外，物理学家对于他的主题必须极其严格地加以控制：他必须满足于描述我们的经验领域里的最简单事件。企图以理论物理学家所要求的精密性和逻辑上的完备性来重现一切比较复杂的事件，这不是人类智力所能及的。高度的纯粹性、明晰性和确定性要以完整性为代价。但是当人们畏缩而胆怯地不去管一切不可捉摸和比较复杂的东西时，那么能吸引我们去认识自然界的这一渺小部分的究竟又是什么呢？难道这种谨小慎微的努力结果也够得上宇宙理论的美名吗？

我认为，是够得上的；因为，作为理论物理学结构基础的普遍定律，应当对任何自然现象都有效。有了它们，就有可能借助于单纯的演绎得出一切自然过程（包括生命）的描述，也就是说得出关于这些过程的理论，只要这种演绎过程并不太多地超出人类理智能力。因此，物理学家放弃他的世界体系的完整性，倒不是一个什么根本原则性的问题。

物理学家的最高使命是要得到那些普遍的基本定律，由此世界体系就能用单纯的演绎法建立起来。要通向这些定律，没有逻辑的道路，只有通过那种以对经验的共鸣的理解为依据的直觉，才能得到这些定律。由于有这种方法论上的不确定性，人们可以假定，会有许多个同样站得住脚的理论物理体系；这个看法在理论上无疑是正确的。但是，物理学的发展表明，在某一时期，在所有可想到的构造中，总有一个显得别的都高明得多。凡是真正深入研究过这问题的人，都不会否认唯一的决定理论体系的，实际上是现象世界，尽管在现象和它们的理论原理之间并没有逻辑的桥梁；这就是莱布尼兹（Leibnitz）非常中肯地表述过的"先定的和谐"。物理学家往往责备研究认识论者没有给予足够的注意。我认为,几年前马赫和普朗克之间所进行的论战的根源就在于此。

渴望看到这种先定的和谐,是无穷的毅力和耐心的源泉。我们看到,普朗克就是因此而专心致志于这门科学中的最普遍的问题,而不是使自己分心于比较愉快的和容易达到的目标上去。我常常听到同事们试图把他的这种态度归因于非凡的意志力和修养,但我认为这是错误的。促使人们去做这种工作的精神状态是同信仰宗教的人或谈恋爱的人的精神状态相类似的;他们每天的努力并非来自深思熟虑的意向或计划,而是直接来自激情。我们敬爱的普朗克就坐在这里,内心在笑我像孩子一样提着第欧根尼(Diogenes)的灯笼闹着玩。我们对他的爱戴不需要作老生常谈的说明。祝愿他对科学的热爱继续照亮他未来的道路,并引导他去解决今天物理学的最重要的问题。这问题是他自己提出来的,并且为了解决这问题他已经做了很多工作。

祝他成功地把量子论同电动力学、力学统一于一个单一的逻辑体系里。

(选自《世界著名科学家演说精粹》,百花洲文艺出版社,1996年版)

【交流之窗】

这是爱因斯坦于1918年4月在柏林物理学会举办的马克斯·普

朗克六十岁生日庆祝会上的讲话。讲稿最初发表在1918年出版的《庆祝马克斯·普朗克60寿辰：德国物理学会演讲集》。1932年，爱因斯坦将此文略加修改，作为普朗克文集《科学往何处去》的序言。科学家们真让人由衷地敬佩，不是因为那份"意志力和修养"，而是因为那如恋爱一般的"激情"。

永生的平民法拉第

吕孟申

吕孟申,中国书画家、作家。

浩如烟海的历史长河汹涌澎湃,后浪推前浪。一代又一代的仁人志士倾其一生努力奋斗,用滚烫的热血和汗水走完自己的人生之路,正是这一串串闪光的足迹,构成一部波澜壮阔的世界文明史。我们歌颂太阳的光辉,赞美月亮的柔美,我们更没忘记深邃夜空那满天璀璨的繁星。

好在历史是人民写的,人民永远不会忘记那些为人类文明做出卓越贡献的人们。有些人的名字刻在石头上,早就被后人淡忘,那些镌刻在人们心上的科学家、发明家、艺术家、圣君伟人,必将与万古永存。我一直对法拉第怀着深深的景仰,他那种高尚磊落的襟怀,视名利淡如水,博大的爱心使我由衷惊叹。永生的平民法拉第,人格的丰碑与日月同辉!

法拉第于1791年出生在英国伦敦附近的一个小村里。他的父亲是个铁匠,体弱多病,收入微薄,仅能勉强维持生活的温饱。但是父亲非常注意对孩子们的教育,要他们勤劳朴实,不要贪图金钱地位,要做一个正直的人。这对法拉第的思想和性格产生了很大的影响。

由于贫困，法拉第家里无法供他上学，因而法拉第幼年时没有受过正规教育，只读了两年小学。12岁那年，为生计所迫，他上街头当了报童。第二年又到一个书商兼订书匠的家里当学徒。订书店里书籍堆积如山，法拉第带着强烈的求知欲望，如饥似渴地阅读各类书籍，汲取了许多自然科学方面的知识，尤其是《大英百科全书》中关于电学的文章，强烈地吸引着他。他努力地将书本知识付诸实践，利用废旧物品制作静电起电机，进行简单的化学和物理实验。他还与青年朋友们建立了一个学习小组，常常在一起讨论问题，交换思想。重视实践尤其是科学实验的特点，在法拉第一生的科学活动中贯彻始终。

法拉第不放过任何一个学习的机会，在哥哥的资助下，他有幸参加了学者塔特姆领导的青年科学组织——伦敦城哲学会。通过一些活动，他初步掌握了物理、化学、天文、地质、气象等方面的基础知识，为以后的研究工作打下了良好基础。法拉第的好学精神感动了一位订书店的老主顾，在他的帮助下，法拉第有幸聆听了著名化学家戴维的演讲。他把演讲内容全部记录下来并整理清楚，回去和朋友们认真讨论研究。他还把整理好的演讲记录送给戴维，并且附信，表明自己愿意献身科学事业。结果他如愿以偿。22岁上做了戴维的实验助手。从此，法拉第开始了他的科学生涯。戴维虽然在科学上有许多了不起的贡献，但他说，他对科学最大的贡献是发现了法拉第。

法拉第勤奋好学，工作努力，很受戴维器重。1813年10月，他随戴维到欧洲大陆国家考察,他的公开身份是仆人,但他不计较地位,也毫不自卑,而把这次考察当作学习的好机会。他见到了许多著名的科学家,参加了各种学术交流活动,还学会了法语和意大利语;大大开阔了眼界,增长了见识。因此有人说欧洲是法拉第的大学。

法拉第从欧洲回来后,立即全力以赴地投入科学研究。他搜集了能得到的一切资料,做了详尽的目录索引和笔记,大胆地进行各种化学试验。10年间,他取得了许多成果,也成为一位知名的化学家。

法拉第在他的日记中写道:"人生有苦难,有重担,人性有邪恶,有欺凌,但是到后来这些都对我有益处,苦难竟是化了装的祝福。"

他忠告自己的学生:"希望你们年轻的一代,也能像蜡烛为人照明那样,有一分热,发一分光,忠诚而脚踏实地地为人类伟大的事业贡献自己的力量。"

法拉第一生热爱真理,热爱人民,真诚质朴,作风严谨,这样的感人事迹很多。

有一回,法拉第在一家大剧院演讲后,在座的有英国女皇、公爵、大学教授、专家学者等,纷纷热烈鼓掌,等待他与大家握手见面,足足有好几分钟掌声雷动,殊不知他已经搭驿马去给一位生病的老太太读经。在他看来,陪一位病人走完最后的一段路,比接受大人物的恭维更为重要。

法拉第生活简朴,不尚华贵,以致有人到皇家学院实验室做实验时错把他当作守门的老头。1857年,皇家学会学术委员会一致决议聘请他担任皇家学会会长。对这一荣誉职务他再三拒绝。他说:"我是一个普通人。如果我接受皇家学会希望加在我身上的荣誉,那么我就不能保证自己的诚实和正直,连一年也保证不了。"同样的理由,他谢绝了皇家学院的院长职务。当英王室准备授予他爵士称号时,他多次婉言谢绝说:"法拉第出身平民,不想变成贵族。"他的好友J.Tyndall对此作了很好的解释:"在他的眼中看去,宫廷的华丽,和布来屯(Brighton)高原上面的雷雨比较起来,算得什么;皇家的一切器具,和落日比较起来,又算得什么?其所以说雷雨和落日,是因为这些现象在他的心里,都可以挑起一种狂喜。在他这种人的心胸中,那些世俗的荣华快乐,当然没有价值了。""一方面可以得到十五万镑的财产,一方面是完全没有报酬的学问,要在这两者之间去选择一种。他却选定了第二种,遂穷困以终。"这就是这位铁匠的儿子、订书匠学徒的郑重选择。

　　法拉第对人态度和蔼可亲,宽宏大量。他对自己要求严格,有错即改,绝不文过饰非。他33岁时就被选为英国皇家学会会员;34岁时升任皇家研究院的实验室主任。1846年,他由于在电学方面的杰出贡献而获得伦德福奖章和皇家奖章,把两枚奖章授予同一个人,在皇家学会的历史上是十分罕见的。他虽然获得了很高的荣誉和地位,但却始终保持谦虚谨慎的态度。他成名以后,不愿为拿高额报酬而影响正在进行的科学研究,而对于国家交给的科研任务,他却欣然从命,不计报酬。这种为了科学而轻视金钱的博大胸怀,对于当今社会那些投机专营、弄虚作假、不择手段、千方百计攫取名利地位的人,不只是一记响亮的耳光,更是一种心灵的鞭挞!

法拉第在艰难困苦中选择科学为目标,就决心为追求真理而百折不回,义无反顾,不计名利,刚正不阿。他热爱人民,把纷至沓来的各种荣誉、奖状、证书藏之高阁,却经常走访贫苦教友的家庭。他关心科学普及事业,愿更多的青少年奔向科学的殿堂。1826年他提议开设周五科普讲座,直到1862年退休他共主持过100多次讲座,并积极参与皇家学院每年"圣诞节讲座"计19年。根据他的讲稿汇编出版了《蜡烛的故事》一书,被译为多种文字出版,是科普读物的典范。

法拉第在英国皇家学院的顶楼小屋里,已经住了42年,即使那时他已经是举世闻名的科学家,但是仍然一贫如洗,没有自己的房子。退休当天,他和妻子,两个老夫妇提着皮箱下楼。租住一所破旧的房子,继续从事科学研究直到去世。

法拉第出身于贫苦家庭。他从一个穷铁匠的儿子,经过自己的艰苦努力,克服了重重困难,成长为一位为人类做出巨大贡献的科学大师。他那种坚韧不拔、不断追求科学真理的大无畏精神;那种一切从客观实践出发,重视科学实验的唯物主义态度;以及他不盲目崇拜权威,不囿于传统观念,敢于提出独特见解的创新精神,体现了一个科学家的优秀品格,永远值得后人学习和敬仰。

1867年8月25日,法拉第坐在椅子上,看着窗外的天空,安静地走完了他的一生。他不惦念自己的功绩,认为死亡是个人的事,对妻子交代，只要求在墓碑上刻着生于何年、卒于何年。他在自己的临终遗嘱里，盼咐家人不要举行隆重的葬礼，也不要葬入名人公墓，而是和普通人一样葬在一般墓地。

他的妻子在他弥留之际含泪念着他晚年喜爱的那首诗……

夜幕低垂明亮，遥远的天际传来阵阵的呼唤。
轻结系岸的绳索，静静地滑入海洋。
不再携带着指示方位的罗盘；不再恐惧两旁的波浪。
我知道此时此刻，我终将看到那引导我一生的领航者。

这就是平民的法拉第，伟大的法拉第！

在他有限的生命中，"找到生命的目的，死亡不再有丝毫恐惧，因为生命没有逝去；不是终点，而是生命永恒的起点"。

平民法拉第在书房安详地离开了人世。一代科学巨星，在谱写完他不平凡的人生，给人类留下无价的宝藏以后与世长辞。法拉第的贡献惠及每个人，把人类文明提高到空前高度，把文明进程提前几十几百年，不能用金钱衡量其伟绩，如果硬用金钱衡量的话，有人说过超过全球股票价值。

（选自河南作家网）

【交流之窗】

　　世间芸芸众生，热衷于蝇头微利、蜗角虚名而不知疲倦的，不可计数。法拉第能在正需金钱、名誉、地位的年龄里选择崇高的科学、安于卑微的身份，实在脱俗超凡。他爱上了科学的纯洁和高尚，"我的一生，是用科学来侍奉我的上帝"，仅此一点，他就足以不朽。

我的世界观

爱因斯坦

我们这些总有一死的人的命运是多么奇特呀！我们每个人在这个世界上都只作一个短暂的逗留；目的何在，却无所知，尽管有时自以为对此若有所感。但是，不必深思，只要从日常生活就可以明白：人是为别人而生存的——首先是为那样一些人，他们的喜悦和健康关系着我们自己的全部幸福；然后是为许多我们所不认识的人，他们的命运通过同情的纽带同我们密切结合在一起。我每天上百次地提醒自己：我的精神生活和物质生活都依靠别人（包括活着的人和死去的人）的劳动，我必须尽力以同样的分量来报偿我所领受了的和至今还在领受的东西。我强烈地向往着简朴的生活，我认为阶级的区分是不合理的，它最后所凭借的是以暴力为根据。我也相信，简单淳朴的生活，无论在身体上还是在精神上，对每个人都是有益的。

我完全不相信人类会有那种在哲学意义上的自由。每一个人的行为，不仅受着外界的强迫，而且还要适应内心的必然。叔本华（Schopenhauer）说："人虽然能够做他所想做的，但不能要他所想要的。"这句话从我青年时代起，就对我是一个非常真实的启示；在自己和别人生活面临困难的时候，它总是使我得到安慰，并且永远是宽容的源泉。这种体会可以宽大为怀地减轻那种容易使人气馁的责任感，也可以防止我们过于严肃地对待自己和别人；它还导致一种特别给幽默以应有地位的人生观。

要追究一个人自己或一切生物生存的意义或目的，从客观的观点看来，我总觉得是愚蠢可笑的。可是每个人都有一定的理想，这种理想决定着他的努力和判断的方向。就在这个意义上，我从来不把安逸和享乐看作是生活目的本身——这种伦理基础，我叫它猪栏的理想。照亮我的道路，并且不断地给我新的勇气去愉快地正视生活的理想，是善、美和真。要是没有志同道合者之间的亲切感情，要不是全神贯注于客观世界——那个在科学与艺术工作领域永远达不到的对象，那么在我看来，生活就会是空虚的。人们所努力追求的庸俗的目标——财产、虚荣、奢侈的生活——我总觉得都是可鄙的。

我对社会正义和社会责任的强烈感觉，同我显然的对别人和社会直接接触的冷漠，两者总是形成古怪的对照。我实在是一个"孤独的旅客"，我未曾全心全意地属于我的国家、我的家庭、我的朋友，甚至我最接近的亲人；在所有这些关系面前，我总是感觉到有一定距离并且需要保持孤独——而这种感受正与年俱增。人们会清楚地发觉，同别人的相互了解和协调一致是有限度的，但这不足惋惜。这样的人无疑有点失去他的天真无邪和无忧无虑的心境；但另一方面，他却能够在很大程度上不为别人的意见、习惯和判断所左右，并且能够不受诱惑要去把他的内心平衡建立在这样一些不可靠的基础之上。

我的政治理想是民主主义。让每一个人都作为个人而受到尊重，而不让任何人成为崇拜的偶像。我自己受到了人们过分的赞扬和尊敬，这不是由于我自己的过错，也不是由于我自己的功劳，而实在是一种命运的嘲弄。其原因大概在于人们有一种愿望，想理解我以自己的微薄绵力通过不断的斗争所获得的少数几个观念，而这种愿望有很多人却未能实现。我完全明白，一个组织要实现它的目的，就必须有一个人去思考，去指挥，并且全面担负起责任来。但是被领导的人不应该受到强迫，他们必须有可能来选择自己的领袖。在我看来，强迫的专制制度很快就会腐化堕落。因为暴力所招引来的总是一些品德低劣的人，而且我相信，天才的暴君总是由无赖来继承，这是一条千古不易的规律。就是这个缘故，我总是强烈地反对今天我们在意大利和俄国所见到的那种制度。像欧洲今天所存在的情况，使得民主形式受到了怀疑，这不能归咎于民主原则本身，而是由于政府的不稳定和选举中与个人无关的特征。我相信美国在这方面已经找到了正确的道路。他们选出一个任期足够长的总统，他有充分的权力来真正履行他的职责。另一方面在德国的政治制度中，我所重视的是，它为救济患病或贫困的人做出了比较广泛的规定。在人类生活的壮丽行列中，我觉得真正可贵的，不是政治上的国家，而是有创造性的、有感情的个人，是人格；只有个人才能创造出高尚的和卓越的东西，而群众本身在思想上总是迟钝的，在感觉上也是迟钝的。

讲到这里，我想起了群众生活中最坏的一种表现，那就是使我所厌恶的军事制度。一个人能够洋洋得意地随着军乐队在四列纵队里行进，单凭这一点就足以使我对他轻视。他所以长了一个大脑，只是出于误会；单单一根脊髓就可以满足他的全部需要了。文明国家的这种罪恶渊薮应当尽快加以消灭。由命令而产生的勇敢行为，毫无意义的暴行，以及在爱国主义名义下一切可恶的胡闹，所有这些都使我深恶痛绝！在我看来，战争是多么卑鄙、下流！我宁愿被千刀万剐，也不愿参与这种可憎的勾当。尽管如此，我对人类的评价还是十分高的，我相信，要是人民的健康感情没有被那些通过学校和报纸而起作用的商业利益和政治利益加以有计划的破坏，那么战争这个妖魔早就该绝迹了。

我们所能有的最美好的经验是神秘的经验。它是坚守在真正艺术和真正科学发源地上的基本感情。谁要是体验不到它，谁要是不再有好奇心也不再有惊讶的感觉，他就无异于行尸走肉，他的眼睛是迷糊不清的。就是这种神秘的经验——虽然掺杂着恐怖——产生了宗教。我们认识到某种为我们所不能洞察的东西存在，感觉到那种只能以其最原始的形式为我们所感受到的最深奥的理性和最灿烂的美——正是这种认识和这种情感构成了真正的宗教感情；在这个意义上，而且也只是在这个意义上，我才是一个具有深挚宗教感情的人。我无法想象一个会对自己的创造物加以赏罚的上帝，也无法想象它会有像在我们自己身上所体验到的那样一种意志。我不能也不愿去想象一个在肉体死亡以后还会继续活着；让那些脆弱的灵魂，由于恐惧或者由于可笑的唯我论，满足于觉察现存世界的神奇的结构，窥见它的一鳞半爪，并且以诚挚的努力去领悟在自然界中显示出来的那个理性的一部分，即使只是其极小的一部分，我也就心满意足了。

（选自《爱因斯坦文录》，浙江文艺出版社，2004年版）

【交流之窗】

爱因斯坦说："我们所能有的最美好的经验是神秘的经验。它是坚守在真正艺术和真正科学发源地上的基本感情。谁要是体验不到它，谁要是不再有好奇心也不再有惊讶的感觉，他就无异于行尸走肉，他的眼睛是迷糊不清的。"让每一个人都作为个人而受到尊重，而不让任何人成为崇拜的偶像——这是爱因斯坦作为一名科学家的政治情怀！正是这样朴素的思想，让科学家走到人群中！

《物种起源》导言

达尔文

⊙ 达尔文　心栋绘

达尔文(1809—1882),英国博物学家,进化论的创立者。

　　我曾以博物学者的资格参加贝格尔号巡洋舰的环球远航,在南美洲看到的关于生物的地理分布和现存生物与古生物在地质上的关系,给了我很深刻的印象。回国以后,在1837年我就想到,如果耐心搜集与这问题有关的各种材料,加以整理研究,也许可以得到一些结果。这样,在五年的时间内,我专心思考这个问题,并且做了一些札记。1844年又把这些札记加以充实,写成当时我认为是正确的结论的纲要。从那时候起,一直到现在,我对这个问题的探讨始终没有间断。我希望读者能原谅我作这些琐屑的陈述,我之所以说明这些,是为了要表明我并没有轻率地下结论。

　　现在(1859年)我的工作将近结束;但是全部完成还需要更多的岁月,并且我的体力渐感不支,所以不得不先将这个摘要付印。现在在马来群岛研究博物的华莱斯先生,他对于物种起源问题所得到的一般结论,几乎和我完全相同,这也是使我早日发表这个摘要的一个原因。

本书还是摘要的性质，未必完备；有许多论述，我没能指明它的来历和参考资料，但是我希望读者相信我的正确。同时，我虽然力求审慎，使一切能根据正确的证据，但是错误的窜入，还是不可避免的。本书所述及的，仅仅是我所得到的一般结论，略举少数事实，作为说明，希望读者不要嫌其过简。我极其盼望，并且感到有这样的需要，将来能把我所根据的一切事实和参考文献，详尽地刊印出来。因为我十分清楚：本书中所讨论的几乎没有任何一点不能引用事实来作证，而每一论点显然往往会引到一些与我所得到的完全相反的结论。我们处理一个问题，必须把两方面的事实和证据，加以详细叙述和比较，然后才能得到完善的结果，但这是这里所不能办到的。

关于物种起源的问题，如果一位博物学家，对于生物相互间的亲缘关系，它们的胚胎的关系、地理的分布以及在地质期内出现的程序等等事实，加以思考，那么，我们可以推想得到，生物的种和变种一样，是由以前别的种演变而来，而不是分别创造出来的。这个结论，即使很有根据，但是如果不能说明地球上的无数生物，怎样经历变异而达到它们的极其完善的构造和相互适应，仍然是难以令人满意。一般博物学家，常以外部环境如气候、食物等等作为唯一可能引起变异的原因。就某一狭隘的意义上来说，这可以算是正确的，这点以后当再讨论到；但是如果把像啄木鸟的构造，它的足、尾、嘴、舌如此巧妙地适应于捉取树皮里面的昆虫，仅仅归因于外界的条件是不合理的。又如槲寄生，它生长在某几种树木上以吸取养料，需要鸟类传布它的种子，更因为它是雌雄异花，必须依赖昆虫才能完成传粉作用；如果我们仅仅以外部环境，或植物习性的影响，或植物本身的倾向，来解释这种寄生植物的构造以及它与其他几种生物的关系，必然也同样是不合理的。

因此，我们对于生物变异及相互适应的原因和方法，迫切地需要有个明确的了解。我从事本题研究的初期，就觉得要解决这个困难问题，应当从研究家养动物和栽培植物着手；果然没有使我失望，我经常获得动物因由家养而变异的知识，虽然还不够完备，但总可以为处理这个问题和其他一切复杂事件提供最良好最可靠的线索。所以这类的研究，虽然常为一般博物学家所忽略，但是我却相信它的价值的重大。

根据上述理由，我把家养变异的问题，放在本书的第一章。我们将由此看到，大量的、遗传的变异是可能的；同样的，或者更重要的，是我们将看到人类选种力量的伟大，能使微小的变异逐渐累积起来。然后，我们将讨论物种在自然状态下的变异。但是很不幸，我在这里所讲的，不得不很简略，因为要使这个问题讨论得恰当，必须举出大量的事实。

如果认识到我们对于生活在我们四周的许多生物的相互关系还有很多不了解的，那么，关于物种或变种的起源问题，我们即使有很多地方不能解释，也就不足为奇了。为什么某种生物的分布广泛而繁多，而它的邻种却分布得狭小而稀少呢？谁能解释这个问题呢？然而这些关系，实在是非常重要，因为我相信，这是决定地球上每一生物的现在和将来的命运，以及变异的趋向的。对于生活在过去的地质时代的无数生物的相互关系，我们所知道的就更少了。虽然许多事实现在还是不清楚，而且在未来长期内也还弄不清楚，但是我们经过了精细的研究和冷静的判断，可以毫不怀疑地断言创造论的错误。创造论这一观点，虽为近代许多博物学家所信奉，我自己以前也曾信奉过，但是事实上决不能成立。我深信生物的种不是不变的；所谓同属的种，都是其他大概已经灭亡的种所传下来的直系后代，而现在认为同种的各项变种，都是这同种的后代。我又确信自然选择作用，它虽然不是物种变异的唯一条件，也该是最重要的条件。

（选自《物种起源》，科学出版社，1972年版）

【交流之窗】

仅通过序言，我们就能窥见达尔文的严谨缜密了，哪些可以详写，哪些不得不简单讨论，无一不以事实为依据。而本文的魅力远非止于此，它勾起了我们对于自身种类及其他种类的祖先以及后裔的好奇，而这份好奇，有一种前所未有的脚踩大地的实在感。

第六编
科学忧思

⊙ 陈连强绘

左丘明说:"居安思危,思则有备,有备无患。"对科学,我们也应常葆忧虑之心,才能让科学真正给人类带来福祉而不是相反。人们对科学的忧虑主要来自两个方面:一是先进的科学及科学产品被滥用,二是非科学家即普通大众科学知识的缺乏和科学家科学创新能力的退化。前者或许将给人类带来毁灭性的灾难,后者会使人类变得庸俗,走向堕落,这也是一种毁灭。在此编中,我们所选的文章,不是来自科学巨人,就是来自社会学家或教育家。尽管身份不同,但他们对科学的担忧都出自肺腑,振聋发聩,感人至深。爱因斯坦因为惧怕德国率先研制出原子弹而致信罗斯福总统让美国政府迅速采取行动,然而,当原子弹在广岛长崎炸响致无数无辜者葬身火海时,他悔恨不已,称自己把原子弹交到了一个疯子手里。在《科学的双刃剑》(杨建邺)、《置人类于末日,还是弃绝战争》(罗素)、《放射性物质——镭》(皮埃尔·居里)中,都有对核武器的极大担忧:一旦核武器落入恶人手中,后果将不堪设想。而《电脑对人类行为的影响》(本杰明·亚历山大)、《我们的健康》(刘易斯·托马斯)等文章则对人类应该怎样使用高科技作了科学、伦理、人文方面的探讨。当然,一方面我们需要明白科学可能存在的危险;一方面,人类应该在科学创新的道路上大胆迈步向前,《科学进步的障碍》(波普)、《人类必须了解宇宙》(尼尔·阿姆斯特朗),都发出了人类向科学知识迈进的呼吁。依靠科学,我们从愚昧中走出来,同样,我们还要依靠科学,从罪恶中走出来,走向真善美!

● 文学之花

《科学的双刃剑》前言

杨建邺

杨建邺,华中理工大学物理系教授,科普和科学家传记作家。

1945年7月16日凌晨5点30分,在荒凉的新墨西哥州洛斯阿拉莫斯(Los Alamos),世界上第一颗实验性的原子弹点火爆炸了。随着那比1000个太阳还要亮的光辐射和巨大的蘑菇云升上天空,一个新的时代开始了!

一位在距离爆炸中心10英里(约16公里)以外大本营的科学家莫里森(Philip Morrrison, 1915—2005)深感不安地说:

10英里以外,我们看到了令人难以置信的明亮闪光。那还不是最令人难忘的东西。我们已经知道它是会令人目眩的。我们戴了焊工的眼镜。最使我难忘的不是闪光,而是在沙漠寒冷的清晨,你脸上所感受到的白天令人眼花缭乱的明亮阳光的灼热。这就像是打开一个熊熊燃烧的火炉,太阳从里面像日出那样冒出来。

实验基地科学领导人奥本海默(J.R.Oppenheimer, 1904—1967)

的弟弟弗兰克（Frank Oppenheimer）在回忆中说：

……这个令人感到不祥的云层悬浮在我们的头上。它呈现出如此光彩夺目的紫色，全带着放射性光芒。它看起来似乎永无止境地挂在那里了。当然，不会是永久的。它实际上只有很短一瞬间，然后它就往上升去。这是非常可怕的。

接着是爆炸的雷鸣声。它在山岩上跳跃，然后就远去了——我不知道它还撞击在什么东西上。但是好像永远停不下来。不像雷鸣的通常回音。它不断地在远处什么地方翻来覆去回响。当它消逝时，那个时刻非常令人惶恐不安。

我希望我能记得我哥哥当时说了些什么，但是我记不起来了——我想我们只说："成功了！"我想这就是我们说的，我们两个都这样说："成功了！"

拉比（I.I.Rabi, 1898—1988, 1944年获诺贝尔物理学奖）当时也在洛斯阿拉莫斯，在这颗原子弹爆炸后，他感受到了一种从未有过的威胁。他这样写道：

我们在黎明时刻躺在那里，非常紧张，东方刚刚现出了几缕金色的光线；你只能够朦朦胧胧地看到你旁边的人。那10秒钟是我经历过的最长的10秒钟。忽然间，出现了一束巨大无比的闪光，这是我所见过的最亮的光。它爆炸了,它猛然向前扑,它势如闪电般地向你袭来。这景象让人目不暇接,让人永生难忘。你只会低声祈求:停下来吧,停下来吧!但它只不过才持续了两分钟。最后,它终于过去了,逐渐停息……当我们朝着原子弹爆炸的地方看去的时候,那儿上空有一个巨大无比的火球,它越变越大,一边增大一边翻腾着向空中升去。它开始是黄色,继而又成鲜红色、绿色……它看起来像带有威胁性地向你奔来。

一件新的东西诞生了。这是一种新的控制,一种全新的理解,一种人类征服自然过程中取得的新东西。

最初几分钟,我们相互间无语凝视,继而相互祝贺;最后,却感到一阵透骨的凉气。这不是早上的寒冷,而是一种当人们思考时吹来的凉气。

面对原子弹爆炸所显示的前所未有的威力,前所未有的可怕杀伤力,许多科学家都震惊了,都陷入了深深的思考。还有不少科学家有了深深的负罪感:他们是为人间盗来天火的普罗米修斯(Prometheus),还是普罗米修斯的弟弟厄庇米修斯(Epimetheus)为人间打开了给人类带来不幸的潘多拉的盒子(Pandora's box)?

啊,那是哪一年?对,是1905年,那一年就有一位聪明的科学家在为他自己的发现而担忧。这位睿智的科学家叫皮埃尔·居里(Pierre Curie, 1859—1906),他和玛丽·居里(Marie Curie, 1867—1934)发现了放射性。放射性物质中隐藏的巨大能量曾让他们感到一种隐隐的担忧。在皮埃尔作诺贝尔演讲时，他道出了自己的担忧。他说：

可以想象到，如果镭落到恶人手中，它就会变成非常危险的东西。这里可能会产生这样一个问题：知晓了大自然的奥妙是否有益于人类，从新发现中得到的是裨益呢，还是它将有害于人类？诺贝尔的发明就是一个典型的事例。烈性炸药可以使人们创造奇迹，然而它在那些把人类推向战争的罪魁们的手中就成了可怕的破坏手段。我是信仰诺贝尔的人们当中的一个，我相信，人类从新的发现中获得的将是更美好的东西，而不是危害。

如果说，1905年皮埃尔在担忧之余还有信心说出最后的这一句话，那么40年之后，在格罗夫斯将军组织的几千人的庞大的科学"军营"所取得原子弹爆炸成功的事实面前，拉比和奥本海默还有信心说出皮埃尔演讲最后的那一句话吗？恐怕不能。科学家的工作方式彻底改变了。皮埃尔那时几乎没有用政府一分钱，靠他和妻子两人艰苦卓绝的奋斗，在得不到任何支持下获得了成功；而现在，奥本海默如果没有格罗夫斯将军的帮助（格罗夫斯将军背后是美国国防部和美国政府！），他是绝对不可能制造出一颗原子弹的！

科学家已经失去了许多的自由。为了制造原子弹，他们要绝对服从，他们要像军人一样在"军营"似的房子里工作，他们不能发表论文，他们每人只能用代号交往，他们不能给家人说他们在干什么……他们甚至根本没有对研究成果的使用权。这一切如限制、保密等不可思议的事情，在几年以前还只是天方夜谭般的神话，但现在却都在一种"恐惧""保密""爱国"和"责任"的原因掩盖之下成了事实。潘多拉的盒子已经打开，再想将那些已经布满大地的疾病、灾祸、不幸、猜疑、仇恨、痛苦和死亡收回来，已经太迟了！盒子里面只剩下唯一美好的东西——希望！

（选自《科学的双刃剑》，商务印书馆，2008年版）

【交流之窗】

科学是把双刃剑早已被人深切体会，然而，各个领域的科研开发仍在继续，因为我们不能逃避社会的进步，就像我们不能因噎废食一样。那么，核武器的研发是否成为必需？尽管爱因斯坦后悔致信罗斯福，认为自己是把原子弹这一罪恶的杀人工具从疯子希特勒手里抢过来，又将它送到另一个疯子手里，我们仍然不敢想象，如果希特勒拥有原子弹，或者说，如果目前只有一个国家拥有核武器，那世界会拥有真正的和平吗？反过来，如果因争当世界霸主大肆生产核武器，或以举国之力搞核武器研发，那都是反人民的行为，都是与和平精神相违背的。

科学家要求废止战争

罗　素　　许良英 译

罗素(1872—1970)，英国哲学家、数学家、逻辑学家。

在人类所面临的悲剧性的情况下，我们觉得科学家应当集会对这种由大规模毁灭性武器所引起的危险做出估计，并且按照所附草案的精神进行讨论，以达成一项决议。

我们此刻不是以这个或者那个国家，这个或者那个大陆，这种或者那种信仰的成员的资格来讲话，而是以人类，以其能否继续生存已成为问题的人类成员资格来讲话的。这个世界充满着冲突；而使一切较小冲突相形见绌的则是共产主义同反共产主义之间的巨大斗争。

几乎每个有政治意识的人，对于这些争端中的一个或几个问题都有强烈的感情；但是我们希望你们，如果可能的话，把这种感情丢在一边，而只把你们自己当作是生物学上一个种的成员，这个种有过极其惊人的历史，我们谁也不愿意看到它绝迹。

我们尽可能不说一句为某一集团所中听而为另一集团所不中听的话。大家都同样处在危险之中，如果理解到了这种危险，就可希望大家会共同避开它。

我们必须学会用新的方法来思考。我们必须认识到向我们自己提出的问题，不是要采取什么措施能使我们所支持的集团取得军事胜利，因为已不再存在这样的措施；我们向自己提出的问题应当是：能采取怎样的措施来制止一场其结局对一切方面都必然是灾难的军事竞赛？

一般公众，甚至许多当权的人都没有认识到使用核弹的战争究竟会引起怎样的后果。一般公众仍然用城市的毁灭来想象。据了解，新的核弹比旧的核弹有更大的威力，一颗原子弹能毁灭广岛，而一颗氢弹就能毁灭像伦敦、纽约和莫斯科那样的最大城市。

毫无疑问，在氢弹战争中，大城市将被毁灭掉。但这还只是不得不面临的一个较小的灾难。如果伦敦、纽约、莫斯科的每个人都被消灭了，在几个世纪内，世界还是会从这种打击中恢复过来的。可是我们现在知道，尤其在比基尼试验以后知道，核弹能逐渐把破坏作用扩展到一个非常广阔的范围，这个范围比原来所设想的还要大得多。

据非常可靠的权威人士说，现在能制造出的核弹，威力要比炸毁广岛的大2500倍。

这种炸弹，如果在接近地面或者在水下爆炸，就会向上层空气散放出带有放射性的粒子。它们以剧毒的尘埃或雨点的形式逐渐下降到地面，沾染了日本渔民和他们所捕到的鱼的，就是这种尘埃。

现在谁也不知道这种致命的放射性的粒子会扩散得多远，但最可靠的权威人士都异口同声地说：氢弹战争十分可能使人类走到末日。令人担忧的是，如果使用了许多颗氢弹，结果将是普遍的死亡——只有少数人会突然死去，而大多数人会受着疾病和委蜕的慢性折磨。

科学界的著名人士和军事学的权威都曾发出了多次警告。他们谁也不会说这些最坏的结果是一定要发生的。他们只是说，这些结果是可能的，而且谁也不能肯定说它们不会成为现实。迄今我们还未曾发觉，专家们的这些观点同他们的政治见解或偏见有什么关系。就我们的研究结果所揭示的来说，这些观点只同各个专家的知识水平有关。我们发觉，知道得最多的人，也就最忧心忡忡。

因此，我们在这里向你们提出的，是这样一个严峻的、可怕的、无法回避的问题：我们要置人类于末日，还是人类该弃绝战争？人们不敢正视这样的抉择，因为要废止战争是非常困难的。

要废止战争就要对国家主权做出种种令人不愉快的限制。但是成为理解这种情况的障碍的，除了别的原因之外，更主要的，恐怕还是人类这个名词使人感到模糊和抽象。人们在想象中几乎没有认识到，这种危险不仅是对被模糊理解的人类的，而且是对他们自己和他们子孙后代的。他们简直理解不到，他们每个人和他们所爱的亲人都处在即将临头的苦痛死亡的危险之中。因此他们希望，只要现代化武器被禁止了，战争也许还不妨让它继续存在。

这种希望是虚妄的。尽管在和平时期达成了禁用氢武器的协议，但在战时，这些协议就不会再认为有束缚力，一旦战争爆发，双方立即就会着手制造氢弹,因为要是一方制造氢弹,而另一方不制造,那么制造氢弹的一方就必定会取得胜利。

尽管作为普遍裁军一个部分的禁用核武器的协议并不提供最后的解决办法,但它还是适合于某些重要的目的。

首先,东西方之间的任何协议,就消除紧张局势来说都是有益的。其次,销毁热核武器,如果双方都相信对方是有诚意去这样做了的,就会减轻对珍珠港式突然袭击的那种恐惧,而这种恐惧心理在目前正使双方都保持着神经质的不安状态。所以我们应当欢迎这样一种协议,哪怕只是作为第一步。

我们中间的大多数人在感情上并不是中立的,但作为人类,我们必须记住,如果东方和西方之间争端的解决,对于无论是共产主义者还是反共产主义者,无论是亚洲人还是欧洲人或者美洲人,无论是白种人还是黑种人,都能给以可能的满足,那就绝不可用战争去解决这些争端。我们希望东方和西方都了解这一点。

如果我们这样做出抉择,那摆在我们面前的就是幸福、知识和智慧的不断增进。难道我们由于忘不了我们的争吵,竟然要舍此而选择死亡吗?作为人,我们要向人类呼吁:记住你们的人性而忘掉其余。要是你们能这样做,展示在面前的是通向新乐园的道路;要是你们不能这样做,那摆在你们面前的就是普遍死亡的危险。

决议

我们发起召开这次会议，通过这次会议，全世界的科学家和一般公众签名赞同下列决议：

"鉴于未来任何世界大战必将使用核武器，而这种武器威胁着人类的继续生存，我们敦促世界各国政府认识到并且公开承认，他们的目的绝不能通过世界大战来达到，因此，我们也敦促他们寻求和平办法来解决他们之间的一切争端。"

（选自《智慧的灵光》，改革出版社，1999年版）

【交流之窗】

1995年4月12日，18位联邦德国的原子物理学家和诺贝尔奖得主联名发表《哥廷根宣言》。7月9日，英国著名哲学家罗素在伦敦公布了由他亲自起草，包括爱因斯坦在内的其他10位著名科学家联名签署的《罗素—爱因斯坦宣言》。7月15日，52位诺贝尔奖得主在德国博登湖畔联名发表《迈瑙宣言》。《置人类于末日，还是弃绝战争》也就是《科学家要求废止战争》，即《罗素—爱因斯坦宣言》，通过和平而不是通过战争的方式来解决一切争端是科学家们也是所有爱好和平的人的共同心声。

科学进步的障碍

波 普

卡尔·波普(1902—1994),通晓自然和社会科学的一位英国科学哲学家。

从生物学观点或进化观点看,可以把科学或科学进步看作是人类为了适应环境而采取的手段。

科学发现总是革命的、创造性的。当然,即使遗传水平也有一定的创造性:新的试探造成新的环境,产生新的环境压力,从而对各级水平都带来革命性的后果。但只有在科学水平下才有以下两个新情况。最重要的是,科学理论可以用语言来表示,甚至可以发表。理论成了我们以外的客体,可以研究的对象。现在又成了可以批判的对象。这样,采用一个理论如果不能使我们更好地适应于生存,我们就可以甩掉这种理论——通过对理论的批判,我们可让理论代替我们死亡。

我认为阻挡科学进步的最大障碍是社会的,可分为两类:经济的和意识形态的。

在经济方面,贫穷往往是个障碍。但近年来愈来愈清楚,富裕也会成为障碍:钞票太多的结果是思想太少。在这样的逆境中虽然也有进步,但科学精神却隐入危机,可能毁掉伟大科学,刊物激增可能扼杀思想:宝贵的思想反而被这种洪水淹没了。在意识障碍中人们看得最多的，是意识形态的偏执或宗教偏执，一般都带有武断而缺乏想象。历史事例不胜枚举。值得注意的倒是：即使压制也能引起进步。布鲁诺殉难和伽利略受审对科学进步所做的贡献，归根到底可能还大于宗教法庭对科学进步的反对。

新思想被忽视的事例很多，如达尔文以前的进化论、孟德尔学说。可以找到大批阻挡进步的障碍。

专横武断是阻挡进步的一大障碍。我们不但应当通过讨论使别的理论也能生存，还应当有计划地寻求新的理论；什么时候占统治的理论过分排斥一切，我们什么时候就应当感到忧虑。如果这种理论达到了一家垄断的地步，对科学进步的危害就更严重了。

还有一个更大的危险：一种理论，甚至一种科学理论，也会变成一种时髦思想，一种宗教的替身，一种僵化的意识形态。这就是我的讲演第二部分的中心：科学革命同意识形态革命的区别。

在一个知识分子（包括科学家在内）很容易陷入意识形态或时髦思想的时代里，我认为这是一个严重的问题。这可能完全是由于宗教的衰落，由于我们这个无序社会未得到满足的不自觉的宗教需要。除了各种极权主义以外，我平生目睹了许许多多具有高度文化素养的公开声明的非宗教运动。

第一个例子是哥白尼革命和达尔文革命，这两场科学革命都引起了意识形态革命。它们双双改变了人类对自己在宇宙中地位的认识，就这点而言，这是意识形态革命。就它们各自推翻了一种占统治的科学理论而言，又显然是科学革命。

我还要举例说明，有些重大科学革命并没有引起任何意识形态革命。法拉第和麦克斯韦的革命，从科学角度看，同哥白尼革命一样伟大，也许更伟大，它改变了牛顿的中心信条，它鼓舞了一代物理学家，却没有引起一场意识形态革命来。还有许多重大科学革命都没有触发意识形态革命，像孟德尔革命。还有X射线、放射性同位素的发现以及超导的发现。这些都没有引起相应的意识形态革命。最有意思的还是爱因斯坦革命。我是指爱因斯坦的科学革命，但它在知识分子中间产生的意识形态方面的影响却足以同哥白尼革命或者达尔文革命相媲美。爱因斯坦的物理学中的革命性发现，一个是狭义相对论，它推翻了牛顿动力学，用洛伦兹不变性代替了伽利略不变性。这一次革命可满足我们的合理性准则：旧理论可解释为在低于光速的情况下仍然近似正确。

但科学革命不管多么彻底，都必须保留前人的成就，因而不可能真正同传统决裂。正是这样，科学革命是理性的。当然我不是说，这就意味着，凡进行这个革命的伟大科学家就应当是完全理性的人。恰恰相反，尽管我在论证科学革命的合理性，我却猜想，假如真正的科学家成了"不偏不倚"意义上的那种"客观的和理性的人"，那么我们将发现，科学的革命性就真会被一种针插不进的障碍挡住了去路。

（选自《世界著名科学家演说精粹》，百花洲文艺出版社，1996年版）

【交流之窗】

本文是波普在1975年纪念斯宾塞会议上的讲演词。他认为阻挡科学进步的最大障碍是社会的,可分为两类:经济的和意识形态的。在经济方面,贫穷往往是障碍,而近年来,富裕也是阻碍科学进步的大障碍,我想这和文学领域中"文章憎命达,魑魅喜人过"是一致的。在意识形态方面,僵化的思想最可怕,"不偏不倚"的人、"客观的和理性的人",是不可能拥有科学的革命性的。

人类必须了解宇宙

尼尔·阿姆斯特朗

尼尔·阿姆斯特朗(1930—2012),美国第一个登上月球的宇航员。

我们在月球的静海着陆,当时正是月球凉爽的清晨,顾长的影子有助于我们观察。

太阳只升到地平线上10度,在我们停留期间,地球自转了将近一圈,静海基地上的太阳仅仅上升了11度,这只是月球上长达一月的太阳日的一小段。这令人有一种双重时间的奇特感觉,一种是人间争分夺秒的紧迫感,另一种是宇宙变迁的冗长步伐。

两种时间感都很明显。第一种可用日常飞行来说明,其计划和措施细微到以瞬息来计算;后一种可用我们周围的岩石来说明,自从人类有史以来它们一直没变。它们30亿年的奥秘,正是我们所要寻找的宝藏。

登月舱"鹰"的饰板上有这一句话,凝练地表达了我们的愿望:

公元1969年7月来自地球的人首次在这里登上了月球。

我们是为了全人类的和平而来的。人类的1969个年头构成了春分点留在双鱼座2000年的大部分，而这只是黄道带的1/12。它是根据地球轴的岁差计算出来的，春分点在黄道带中移动一周需要一千代人的时间。

未来的2000年是春分点逗留在宝瓶座的时期，我们的青年们会在这时期满怀希望，人类也许能开始了解最令人迷惑不解的奥秘：我们向何处去？事实上地球正以每小时几千公里的速度朝武仙座方向宇宙中的未知目的地运行。人类必须了解宇宙，以便了解自己的命运。

但是，奥秘是我们生活中必不可少的。

奥秘引起惊奇，而惊奇则是人们求知欲的基础。谁能知道，在我们这一生能解答什么样的奥秘，新的一代又将面临什么新的奥秘的挑战？科学还不能准确预言。我们对下一年的预测过多，而对今后10年的预测却太少。对挑战做出反应正体现了民主的伟大力量。我们在太空方面取得的成就使我们有希望把这种力量用来解决今后10年地球上的许多问题。

几个星期之前，我思考"阿波罗"精神的真正含义，不由得心潮澎湃。

我站在这个国家靠近大陆分水岭的高地上，向我的几个儿子介绍大自然的奇观和寻找鹿、麋的欢乐。

他们热切地想观看，但是却常常绊倒在岩石小道上。然而当他们只顾注意自己的脚步时，却看不到麋了。对你们当中那些主张高瞻远瞩的人，我们表示衷心感谢，因为你们使我们有机会看到造物主所创造的一些最壮丽的景色。

对你们当中那些诚恳的批评者,我们也表示感谢,因为有了你们的提醒,我们不敢无视眼前的小道。我们的"阿波罗11号"带了飘扬在国会大厦上空的两面合众国国旗,一面原挂在众议院顶上,另一面则在参议院顶上。

现在我们荣幸地在大厦里奉还国旗。国会大厅象征着人类最崇高的目标:为自己的同胞服务。

我们代表"阿波罗11号"号全体人员谢谢你们,谢谢你们给予我们机会,荣幸地同你们一起为全人类服务。

(选自《智慧的灵光》,改革出版社,1999年版)

【交流之窗】

作为美国,也是地球上第一个登上月球的人,阿姆斯特朗在此文中流露出的自豪已经不再局限在美国,而是整个人类。他说"我们是为了全人类的和平而来的",他说"人类必须了解宇宙,以便了解自己的命运"。我想,科学真的能涤荡人的心灵,科学是没有国界的,它也能让人忘了国界,而只记住自己的使命。登上月球还让阿姆斯特朗感觉人类的短暂,"一种是人间争分夺秒的紧迫感,另一种是宇宙变迁的冗长步伐",犹如"哀吾生之须臾,羡长江之无穷",所以我们才更应珍惜生命,去解开宇宙的奥秘。

我们的健康

刘易斯·托马斯

刘易斯·托马斯(1913—1993),美国医学家、生物学家、科普作家。

  我们不断提醒自己,我们每年在健康上花费800亿美元,或许现在已是900亿美元吧?不管是800亿美元还是900亿美元,那都是一个令人震惊的数字,只要一提起它,就会意味着有那么一个庞大而有力的机构,相当复杂地组织和协调着。然而,这又是一种让人迷惑不解、大伤脑筋的事情,因为它在稳步地日渐扩大,却没有具体的人在规划和管理它。去年花进去多少钱,只有在花完之后才发现;明年的账单上又会是多少,没有一个人看得准。社会科学家们为这样一些大问题所吸引,开始从四面八方涌来,以便就近看个究竟;经济学家倾城而至,在这里摇头咂嘴,将越来越多的资料输入计算机,试图弄明白,这到底是一个运转正常的机构呢,还是一座纸糊的屋子,徒有其表。对正在开销的数目,似乎并无疑问,但这些钱花到哪里,为什么花了,就不是那么清楚了。

  提到这桩事,人们贪图方便总是以一言蔽之,说这是"健康事业"。这就造成一种幻觉,让人觉得,这都是应人们的需求造出的一种毫无疑问的产品,那就是健康。于是,保健成了医药的新名字。现在,医生干的事是保健,医院和其他专职人员跟医生一道工作,总称作保健事业。病人成了健康的消费者。一旦上了这条路,那就得没有尽头地走下去。就在最近,为纠正今天保健制度的种种弊端、偏私、逻辑缺陷和濒于破产,政府创设了新的官方机构,称作保健组织,大家已经熟知它叫HMO(Health Maintenance Organization)。这种机构像邮局一样遍布全国,准备把包装整齐的健康分送各处,就像真的是仓库里新备了大批健康可以分送一样。

我们迟早要因这个词而遭到麻烦。这个用语太具体、太明确,不宜用作委婉语,而我们似乎正是要把它用作一个委婉语。我担心,我们会牵强地使用它的意义,以掩盖一具体现实。这个现实说不得,我们似乎已心照不宣地避免公开谈论它。但不管怎样,疾病和死亡依然存在,盖也盖不住。寻常一样的疾病还在使我们苦恼,我们没有控制它们。它们为所欲为,随意袭击我们,叫我们无法预测。只有它们冒头以后,我们才能开始对付它们。我们的医疗工作只能这样被动,医死医活莫论,只有尽力而为吧。

假如事情不是这样,这个世界要好些吧。但事实却就是这样:疾病的发生,不仅仅是我们疏于保健。我们生病,不仅仅是我们放松了警惕。多数疾病,特别是大病,是盲目的突如其来的,我们不知怎样预防。我们实在还不那么善于防病或保健。至少现在还不善于此。我们也不会善于此,除非有一天,我们对有关疾病的机理知道了很多。

在这一点上,大家当然意见不一。我们当中有些信徒,他们相信,一旦我们有了行之有效的保健制度,这个国家就会变成某种大型的矿泉疗养地,它提供的预防药就像欧洲矿泉水瓶子上贴的商标所说的:包治百病,管它肾虚脾热,都治。

让人吃惊的是,我们迄今还不知道,这个词儿乃是不应验的咒符。一个人几十年精神健全,但保不定他将来不发生精神分裂;同样,社会的精神健康中心,也未能保证社会的精神健康。虽然这些可敬的机构对付某些形式的精神病是明显有用的,但那又是另外一回事。

我责难这些字眼,是因为它们听起来太像保证兑现的诺言。一个保健组织,如果组织良好,财源充足,它将具有一个诊所和医院的最好特征,对任何社会都应是有价值的。但是,这个社会的人会期望它的新名字名副其实。门上挂了保健的牌子,它就会成为分发健康的官方机构,如果此后任何人发生了难以对付的心脏病,或者得了多发性硬化,或风湿性关节炎,或者是那些既不能防,也不能治的大多数癌症,或慢性肾炎,或中风,或脾气郁结,那么,人们就不免要环顾左右而窃声议论了。

与此同时,对于人体组织本身的耐久性和力量,我们给予的注意和重视则是太少了。人体组织最坚定不移的倾向就是稳定和平衡。把人体描画成一件一碰就倒、一用就坏的洋玩意儿,老是得小心看护,老是得修修补补,老是处于破碎的边缘,这是一种歪曲。岂止是歪曲,还很有几分忘恩负义。这是人们从所有的信息媒介中最常听到的，也是最头头是道的教条。我们真应该建立更好的健康普及教育的制度，用更多的课时，对我们的良好健康状况搞搞鸣谢甚至庆贺——说实在的，我们大多数人在大部分时间里身体就是好，好极了。

关于将来在医药方面的需要，我们面前仍然摆着一些大家熟悉的问题。在完善的保健制度中，最理想地讲，还要设哪些项目？如何估计，在最合理的情况下，每个病人每年共需要多少医生、护士、药品、化验检查、病床、X射线透视，等等？我建议用一种新的方法来产生对于这些问题的答案，这方法就是，仔细地考察一下，现在可以随时进出保健机构的、最老于世故、最有见识的、大概也已经满意的顾客。也就是说，那些受过良好训练、富有经验、有家室的中年内科医生，在日常生活中是如何利用今天医疗技术的各个方面的。

我想我可以自己动手设计这张问卷。在过去5年中，你的家人包括你自己，做过多少次任何种类的化验检查？做过多少次全面体检？多少次X射线透视和心电图？一年中给自己和家里人开过几次抗生素？住过几次院？做过几次手术？看过多少次精神病医生？正式看过多少次医生，任何医生，包括你自己？

我打赌，如果你得到这方面的信息，把各种情况都考虑进去，你会发现，有一些数字跟现在官方为整个人口规划的数字大不相同。我已经以不尽科学的方式作了这样的尝试，这就是询问我的一帮朋友。我得到的资料还不是充实有力的，但是却相当一致。这些资料表明，我的内科医生朋友们从服完兵役后没有一个人做过常规体检；很少有人照过X射线，只有看牙医的情况是例外；几乎全部拒绝了手术；连他们的家人也绝少做化验检查。他们用很多的阿司匹林，但似乎很少开药方，家里人发烧也几乎从不给抗生素。这倒不是说，他们从不生病；这些人发病率跟别人一样高，主要是呼吸系统和胃肠道疾病，跟别人有着同样多的焦虑和稀奇古怪的想法，也有同样多——总的来说并不叫多——可怕的或破坏性的疾病。

有人会反驳说，内科医生和他们的家人其实是常驻医院的病人，不能跟其他人相比。每个家庭成员出现在早餐桌旁时，那一碰头，其实就是医生的家访，做父亲的就是名副其实的家庭医生。说得不错。但是，这更使我们有理由期望更理想地利用全部的医疗技术。这里没有距离的限制，整个保健系统近在身边，随时可用，而且所有项目的费用当然也比没有医生的家庭要少。所有限制着一般人使用医疗机构的因素，在这里都不存在。

如果我用几个医生朋友所做的小小的抽样调查，得到的预感是正确的，那么，这些人运用现代医术的方式，似乎跟我们80年来有计划地教育公众去做的方法大不相同。说这是"鞋匠的孩子没鞋穿"是说不过去的。医生的家人的确喜欢报怨，他们得到的医疗照顾比不上朋友和邻居，但他们确实是一班正常的、通常是健康的人们，由医生诊断而生的疾病更是少得可怜。

此中的奥秘，内科医生们知道，他们的妻子结婚不久也学到了，但就是对一般大众秘而不宣，那就是，大多数毛病不用治自己就好了。是呵,大多数毛病到上午就好一些。

可以想见,如果我们能控制住自己,还有我们的计算机不去设计那样一个制度,在这个制度中,两亿人全都被假定每时每日都处于健康恶化的危险之中,那么,我们本可以建立一个以保证平衡为目的的新制度,向任何人提供他们所需要的良好医疗。我们的司法制度在不能证明我们有罪时就假定我们无罪。同样的道理,医疗制度要最好地发挥作用,就要假定我们大多数人是健康的。没人管的话,计算机会以相反的方式工作,就会理所当然地认为,每时每刻都要求某种直接的、坚持不断的、职业的干预,以维护每个公民的健康。那时,我们的钱就甭想干别的,全得花在那上面了。再说,如果我们还想及时改变这种挤住在一起,特别是挤在城市里的方式,我们还有许多别的事情要做。社会的健康是另一个问题,更加复杂,也更加迫切。我们要付的账单不仅仅是身体的健康呢。

(选自《智慧的灵光》,改革出版社,1999年版)

【交流之窗】

我们常说未雨绸缪、防患于未然,对于身体更是如此,于是身体保健就成了一项耗时伤财的宏伟事业。而刘易斯·托马斯调查发现,医生的家属在身体保健方面投入的往往要大大少于其他人,因为,"大多数毛病不用治自己就好了"。刘易斯·托马斯最后沉痛地提醒人们,"我们还有许多别的事情要做""社会的健康是另一个问题,更加复杂,也更加迫切""我们要付的账单不仅仅是身体的健康"。所以,先把自己看成是健康的人,我们才会更加健康。

● 理性之光

放射性物质——镭

皮埃尔·居里　宋玉升　译

皮埃尔·居里（1859—1906），法国物理学家和化学家。与贝克勒尔、居里夫人共获1903年诺贝尔物理学奖。

首先请允许我告诉大家，今天我非常高兴能在这里向皇家科学院讲演。皇家科学院决定把诺贝尔奖这一极大的荣誉授予居里夫人和我本人。我们应该感到歉意的是，由于一些我们自己也无法控制的原因，我们没有能早日在斯德哥尔摩同大家见面。

今天我要讲的是"放射性物质"的特性，或者说"镭"的特性。我不可能只讲我们自己的研究工作。在1898年开始研究这个题目的时候，只有我们两个人和贝克勒尔对此问题感兴趣，但是从那时以后越来越多的研究工作出现了，如果不讲这些物理学家们的研究成果，那么放射性也就无从谈起。这些人有卢瑟福、德比尔纳、埃尔斯特、盖泰耳、盖斯勒、考夫曼、克鲁克斯、拉姆赛和索迪。我只谈其中的几位，他们使我们对于放射性的认识有了重要的进展。

关于镭的发现，我想快一些讲过去，对它的特性只做简要的概括，然后向大家讲放射性的发现在科学各个分支中给我们带来的重大成果。

1896年贝克勒尔发现了"铀"及其化合物的特殊的放射性。铀放射出的微弱射线可在照相底板上留下痕迹。这种射线可穿透黑纸和金属,可使空气导电。这种辐射不随时间而变化,但产生这种放射性的原因并不清楚。

法国的居里夫人和德国的施密特都指出,钍及其化合物也具有这种性质。1898年居里夫人又指出,在实验室制备或使用的化学物质中,只有含铀或钍的那些物质才放射出一定量的贝克勒尔射线。我们称这些物质为"放射性物质"。

这样,放射性本身是铀或钍的一种原子特性。如果一种物质含铀或钍的量多,它的放射性也就越强。

居里夫人研究了含铀或钍的矿物。按照刚才所讲的观点,这些矿物都是放射性的。但是在测量时她发现,这些矿物的放射性比它们含铀或含钍的量所对应的辐射强很多。居里夫人认为,这些物质中含有我们尚未认识的放射性化学元素。居里夫人和我决定在一种铀矿物——"沥青铀矿"——中寻找这种设想的新物质。我们对这些矿物作了化学分析,对分别处理的每批矿物的放射性进行化验。首先我们发现了化学性质与铋很相似的强放射性物质,我们称它为"钋",后来与贝蒙特合作又发现了与钡相似的第二种强放射性物质,我们称它为"镭",最后,德比尔纳又分离出属于稀土族的第三种放射性物质"锕"。

这些物质在沥青铀矿中只是微量存在，但它们的放射性很强，比铀的放射性大200万倍。经过大量的处理工作，我们成功地获得了足够数量的有放射性的钡盐，以便用分馏法从中提取纯盐形式的镭。镭是碱土族中比钡序数大的同族元素，它的原子量经居里夫人测定是225。镭有特殊的光谱，首先被德姆西（Demarcay）发现，后来又由克鲁克斯、朗格（Runge）、普里希特（Precht）、伊克斯纳（Exner）和哈希克（Haschek）等人进行了研究。镭的光谱反应很灵敏，但它远不像放射性那样能用来发现微量镭的存在。

镭的放射性产生的效应很强，而且有各种不同的效应。

曾经做过下列几个实验：验电器的放电，射线穿过数厘米厚的铅板，由镭引起的火花，铂氰化钡、硅酸锌和紫锂辉石受激发出磷光，射线使气体产生颜色，氟和佛青受镭辐射后热致发光，镭射线照相。

镭这种放射性物质是一个持续不断的能源，它的放射性可以表示出它的能量。在我与拉博尔德（Laborde）合作的研究中还发现，1克镭每小时连续释放的热量达100卡。卢瑟福和索迪，朗格和普里希特，还有埃格斯特朗（Angstrom），都曾测量过镭释放的热量。看来，能量的释放经过数年后仍将是不变的，因此镭释放的总能量是相当惊人的。

许多物理学家，如迈耶、施威德莱尔（Schweidler）、盖斯勒、贝克勒尔、皮埃尔·居里、居里夫人、卢瑟福和维拉德（P.Villard）等人的研究工作指出，放射性物质放射出三种不同的射线。卢瑟福把它们命名为α射线、β射线和γ射线。三种射线的不同点表现在磁场和电场对它们的作用不同：磁场和电场能改变α射线和β射线的轨迹。

β射线与阴极射线相似，其特性很像质量比氢原子小2000倍的带负电粒子（电子）。居里夫人和我已经确定β射线带负电。α射线与哥尔德斯坦发现的极隧射线相似，其特性很像比β射线重1000倍的带正电的粒子。γ射线与伦琴射线相似。

有几种放射性物质，如镭、锕和钍，除了它们本身有辐射作用外，还能使周围的空气变成放射性的。卢瑟福认为，这些物质放出一种不稳定的放射性气体，他把这种气体叫作"射气"，射气散发到周围空气中。

这种射气的强度在时间上按指数规律自发地衰变，这种衰变是各种放射性物质的特征。可以确定，镭射气每4日衰变1/2；钍射气每55秒衰变1/2；锕射气每3秒衰变1/2。

当固体物质置于放射性物质周围有放射性的空气中时，它也会变成有放射性的。居里夫人和我发现的这个现象叫作"感生放射性"。这种感生放射性同射气一样，也是不稳定的，各自按特定的指数规律自发地衰变。

曾做过下列实验：在玻璃管中装着镭射气从巴黎运出，感生放射性的射线使验电器放电，在射气的作用下硫化锌发磷光。

最后，根据拉姆赛和索迪的研究，镭是一个连续不断地自发产生氦的源。

看来，铀、钍、镭、锕的放射性在若干年内是不变的，但钋却按指数规律衰减着，140天衰减1/2，若干年后它将几乎完全消失。

这些都是极为重要的事实，是经过许多物理学家的努力而被证实了的。他们已广泛地研究了某些现象。

这些事实的重要意义正在各门学科中显示出来。对于物理学来说意义是明显的。在实验室中镭成了研究工作的一种新的手段，是一个新的放射源。对于β射线的研究已取得了丰硕的成果。这项研究证明了J. J. 汤姆逊和亥维赛（Heaviside）关于运动中的带电粒子的质量的理论。根据这个理论，粒子的一部分质量是由于真空以太的电磁反作用引起的。考夫曼对镭的β射线进行实验得出了一个假设：某些粒子的速度稍低于光速。根据J. J. 汤姆逊和亥维赛的理论，当速度接近于光速时，粒子的质量随着速度而增大，粒子的整个质量是电磁性质的。如果假设物质是由带电粒子集合而成，那么看来力学的基本原理就要从根本上加以修正。

对于化学来说，认识放射性物质的特性，意义或许更为重大，它使我们认识了一种维持着放射现象的能源。

在开始研究的时候，居里夫人和我就认为，此现象可用两种不同的一般假设来解释。关于这些假设，居里夫人在1899年和1900年做过阐述（见*Revue Generale des Sciences*，1899年1月10日和*Revue Scientifique*，1900年7月21日）。

1. 第一种假设：放射性物质从外界摄取能量并加以释放，因此这种放射是二次辐射。空间不断被穿透性很强的射线所穿透，在穿透过程中被一定的物质所捕获。这种假设并不荒谬。根据卢瑟福、库克(Cooke)和麦克林南(Mc Lennan)最近的工作,看来这一假设有助于解释很多物质的极微弱的辐射。

2. 第二种假设:放射性物质释放的能量出自物质本身,因此放射性物质处在变化当中,它们缓慢地逐渐衰变,尽管某些物质的状态在表面上是不变的。镭在数年中释放出的热量如果与相同重量的物质在化学反应中释放的热量相比,那是非常巨大的。然而,释放出的这些热量只不过是少量的镭在衰变中放出的能量,这些镭少得甚至衰变数年后还察觉不出。这就使我们得出一种假设:放射性物质的衰变要比普通的化学变化深刻得多,原子的存在可能要成为问题,因为放射性衰变是元素的转化。

第二个假设看来在解释所谓的放射性物质的特性时是更富于创造性的,特别是它可以直接去解释外在的自发衰变和由镭产生氦。卢瑟福和索迪大胆地发展并建立了元素的衰变理论。他们认为,放射性元素的原子存在着连续的、不可逆的解集过程。在卢瑟福的理论中,这种解集过程一方面会产生穿透性射线,另一方面会产生射气和感生放射性,后者是新的经常有极快衰变的气态或固态的放射性物质,它们的原子量都比衍生出它们的原元素为小。这样看来,假若将镭从其他元素中分离出来,那么它的寿命将是有限的。在自然界中,镭总是与铀共存的,可以设想它是由铀产生出来的。

因此,这是一个名副其实的元素衰变理论,尽管它不像炼金术士所说的那种样子。无机的东西在漫长的岁月里总是按照不变的规律在演变着。

放射性现象对地质学也有意想不到的重大意义。例如，人们发现在矿物中镭总是与铀伴生，甚至还发现，在所有的矿物中镭和铀的比例是一个常数（鲍特伍德的发现）。这就证实了镭是从铀产生出来的想法。这一理论也可以推广去解释在矿物中经常存在的其他元素共存的现象。可以想象到，某些元素是在地球表面的一定区域形成的，它们是在一定时间内由其他元素产生的，这个时间可能就是地质年代的标志。这是一个新的观点，地质学家们将会加以考虑。

埃尔斯特和盖泰耳曾经指出，在大自然中镭射气散布得非常广泛，它的放射性在气象学中或许起着重要作用，因为空气的电离将引起水蒸气的凝聚。

最后，在生物科学方面镭射线和镭射气产生了令人感兴趣的效应，目前正在被人们研究着。镭的射线已用于治疗某些疾病（狼疮、癌症和神经方面的疾病）。在某些情况下射线的作用可能会有危险性。如果一个人把装有数十毫克镭盐的小玻璃瓶放在一个木盒或纸盒中放在口袋里几个小时，这个人绝不会有任何感觉，但是经过15天以后，他的皮肤就会发红，然后是疼痛，再想治愈是很困难的。如果受放射作用的时间再长，人就会瘫痪和死去。镭必须封在厚的铅盒中传送。

可以想象到，如果镭落在恶人的手中，它就会变成非常危险的东西。这里可能会产生这样一个问题：知晓了大自然的奥秘是否有益于人类，从新发现中得到的是裨益呢，还是它将有害于人类。诺贝尔的发明就是一个典型的事例。烈性炸药可以使人们创造奇迹，然而它在那些把人民推向战争的罪魁们的手中就成了可怕的破坏手段。我是信仰诺贝尔的人们当中的一个，我相信，人类从新的发现中获得的将是更美好的东西，而不是危害。

（选自《智慧的灵光》，改革出版社，1999年版）

【交流之窗】

　　皮埃尔·居里重点讲的是"放射性的发现在科学各个分支中给我们带来的重大成果"，也提到了放射性物质的危害"如果受放射作用的时间再长，人就会瘫痪和死去""可以想象到，如果镭落在恶人的手中，它就会变成非常危险的东西"。科学家总能以一颗人类的良心来做科学的普及，小心翼翼并且清清楚楚地告诉大家某些物质可以怎样用，不能怎样用。对于罪恶，我们只能说"我相信，人类从新的发现中获得的将是更美好的东西，而不是危害"，对此，希望罪恶者能收恶向善。

电脑对人类行为的影响
——未来而不是现在

本杰明·亚历山大　　谈谷铮　译

本杰明·亚历山大，美国科学家。

你们也许还记得几周前在《华盛顿邮报》上发表的一篇文章，它披露了一种新的不幸者的类型——电脑寡妇。电脑寡妇显然是这种既被誉为世界救星，又被贬为全球恶魔的神奇机器的最新受害者。

这篇文章描述了电脑迷们的生活，他们把每个晚上和周末都花在家用电脑上——做游戏，发明游戏，编制程序，以及寻求其他新奇的玩法。

文章继续报道了小型电脑已成为严重的家庭纠纷的祸根。电脑迷们不顾他们的妻子和儿女，抛弃了自己的家庭责任。文章指责家用电脑破坏了男人和妻子之间的正常关系，并且报道了好几个因为沉溺于电脑游戏而引起离婚的例子。

这一切促使哥伦比亚大学电脑科技系的一位成员指出："电脑已经改变了我们的交往、教育、娱乐的方式，现在它似乎又在影响我们的生育了。"

自从30年前诞生电脑以来，电脑时代始终向前发展，一直没有倒退过。电脑已经永久性地紧密结合在我们的个人生活结构和社会结构之中。它已经成为对社会具有重要意义的和在经济上必不可少的事物。除了逃避尘世、独居在某些山顶的隐士，没有一个美国人的生活未曾受到电脑的影响。电脑技术已成为我们生活中的一个公认的组成部分。我们中的大多数人都把电脑看作是理所当然、应该拥有的东西。

由于电子硅集成电路块的出现，几年前曾被认为是令人惊愕的技术进展变得黯然失色了。这种只有手指尖大小、却具有惊人的强大威力的集成电路块，其计算能力相当于25年前应用的一间房间大小的计算机的能力。硅集成电路块的出现意味着人类技术的一次量子飞跃。

电脑革命对人类行为的影响程度还刚刚开始可以估量。你怎么可能跟踪那种能在极其迅速的时间，用计算机的术语来说，是在1毫微秒内发生的因果关系呢？几乎每一项电脑技术的重大成就和新的应用都带来了正反两方面的结果。我们现在听到的无论是外行还是专家的意见，基本上都是建设性的。一方面是学龄儿童的家长抗议非常流行的电子游戏对自己孩子生活的影响，另一方面是一位马萨诸塞州理工学院的著名电脑科学家对人类越来越依赖电脑的情况深表忧虑。人们关注和担心的事情还有个人隐私遭到侵犯、电脑犯罪，等等。

情况已变得日益严重。家长们不得不采取行动,寻求控制;地区的主管机关也通过法律限制电子游戏机房的营业时间;美国卫生局医务主任更是公开谴责这种对许多青少年充满诱惑力的电子游戏。

几星期前,卫生局医务主任C.埃弗雷特·库普指出,电子游戏对少年儿童的心理健康可能是一种危险。他说:"他们的身心深深陷入电子游戏中去了……在这种游戏中没有什么积极的、建设性的东西。一切都是消灭、杀人、破坏,而且干得干净利落。"

库普的意见在最近一期的《喷气》杂志上得到了反应。哈佛大学的著名精神病专家阿尔文·波圣博士指出:"我认为医务主任的忧虑很有道理,因为在我们的青少年中已经有这么多暴力事件,所以我们必须十分谨慎地对待我们的所作所为和我们所教给孩子的价值观。"波圣博士认为,他相信"电子游戏在助长社会暴力问题方面有极大可能"。他指出,没有头脑的、但在智力上却是无可争议的电子游戏"正在教唆孩子们,暴力是某种可能接受的方式,是表达愤怒的一种合理的手段"。

对于我们中的大多数人来说,那种认为电脑的差错会引发一场核战争的担心,事实上是一种杞人之忧。但我们不能光归罪机器,因为电脑只是一个听话的蠢货。它准确地执行主人告诉它的命令——既不多,也不少。它完美地按照指令办事,但当指令不正确时,差错就会发生。如果输入一个错误的程序,一台军事电脑就会把导弹送往错误的方向,或者在错误的时刻发射出去。

几年前，海军上将、后来的参谋长联席会议主席托马斯·穆勒在众议院的一个委员会上承认："不幸的是，我们已经变成这些该死的电脑的奴隶了。"

众所周知，我们每天都有可能发生电脑程序的差错或者某种故障的威胁，从而造成一系列无法挽救的毁灭性后果。有些已经得到五角大楼证实的报告记录了由于所谓的电脑差错，美国的导弹系统曾一度处于随时开火状态。

我们害怕那种由电脑起爆的核打击，但它正是我们享受电脑技术的好处所支付的代价的一部分。

即使我们能够一直侥幸地控制住我们的军用电脑，我们还有其他的控制问题吸引我们的注意力。

我们必须对一位电脑科学家所说的"全球个人档案的威胁"保持警惕。他指的是政府机构和私营团体共同拥有的记录我们的情况的情报。

关于我国现有的数据库有多少，我们没有精确的数字，但只要你想一下金融机构、医院、新旧雇主、国内税务局、社会生活保障署、联邦调查局、人口统计局等各种与人民有关的联邦机构……以及百货公司、信用机构、执法机构、法院等拥有的我们大家的情报规模就足够了。

这些情报多数是客观的、冷酷的、完整的、线性的数据。它们可能准确，也可能不准确。许多数据是个人无法看到的，而且在大多数情况下你无法对这些数据验证核实或者提出异议。

由于许多公司从事着多种经营，它们把被兼并的公司的人事情报看作是自己理所当然应该继承的财产。这种情报的集中化，无论在经济上还是政治上都会是一种有力的武器。

联邦法规保护个人隐私不受侵犯，但却始终存在着滥用个人情报的潜在威胁。正如我们在水门事件调查期间所揭发的那样，政府泄露或提供了许多个人档案，不恰当地查阅或利用了机密数据，甚至利用联邦纳税记录进行政治迫害和个人报复。

还有一桩可能发生的最坏的事情，那就是政府将会掌握一个无比巨大的电脑联网系统。这种主张可能会在为了方便行事或提高效率或国家安全的名义下提出来。如果这个主张得到实施，我们将被一下子推到另一个陌生时代的开端。它将是我们所珍爱的个人隐私不受干涉的自由的结束。

雄踞电脑能力前沿的是所谓的"人工智能"的开发。这种极端复杂的科学力图使电脑脱离目前所处的只是根据指令行事的"机器傻瓜"的范畴。这一领域的科学家正在设计赋予电脑的类人智能和程序。它的前景是，人工智能可以成为一种不可思议的工具，能把人的智力进一步扩大到从未梦想过的程度。尽管人工智能仍处在襁褓阶段，但目前正在进行的研究已可以使机器人收集垃圾，采煤，清除核反应堆的放射场。

这种新技术的阴暗面是，人们担心它会被人利用变成潜在的帮凶。例如，有人早就建议，可以把懂得语言的电脑设计成实际上能对每一个人的谈话进行监听的工具；也可把电脑侦视器设计成能向当局汇报后者感兴趣的事情的机器。

有些社会评论家担心，电脑的广泛应用最终将导致人类智力的衰退。有人则忧虑，电脑将使我们的生活统一化，我们将不得不与某些工艺和技巧告别。

然而，马丁·加德纳——《数学狂欢》杂志的作者却宣称："我们不明白的是，如果电脑正在把人们解放出来，使他们能够从事更有兴趣的工作，那么为什么一定要坐下来用笔计算7的平方根呢？"

我个人并不同意上述观点，不过这种观点确有许多支持者。这些乐观主义者认为，这种拥有近乎无限能力和灵活性的新的精密技术将会扩大个人的自由。例如，人们可以在家中的终端而不是办公室进行工作；可以根据自己的学习进度自修各种科目；购物电子化；可以把纳税、投资、保险、汽车维修等个人必要的记录组合成整体。

如果电脑能够在个人身上产生好的结果，它也可以在个人身上产生坏的结果。无须用枪对准银行出纳员的白领阶层的电脑犯罪率正在日益增长。执法机关不得不通过训练警察制止电子窃贼的培训计划来对付这一现象。

有些科学家则担心另一种犯罪活动。匹茨堡的卡耐基梅隆大学的D.雷·里迪的忧虑是，如果大学拥有的尖端的微电脑掌握在坏人手中，他就可以指令其他电脑切断电话，停止银行服务和我们日常生活所依赖的其他系统的业务。这样一来，整个社会就被破坏了。

不过，我还是同意艾萨克·阿西莫夫的观点，他说："我们正在走向这样一个时期，在这个时期，我们必须解决的难题正在变得没有电脑就无法解决。我不担心电脑，我担心的是缺乏电脑。"

人类拥有一切力量和弱点，拥有一切只有人类才拥有的感情。我希望每一项新的惊人的技术突破都会遇到来自心理学家、社会学家、医学家和法律专家以及一切能够监督、评估新技术对人的影响的其他各种专业人士的怀疑主义的质难。

既然我们正在向着新的、前所未闻的领域前进，我们就需要小心谨慎地弄清这种运动对于我们生活的含义。我们需要在电脑能够提供的好处和什么是对人类最美好的事物之间权衡轻重，及时提醒。

社会面临的真正挑战是：我们是否会让电脑诱惑我们去滥用。甚至践踏下列基本价值——诚实、自由、平等、相互信任、爱情、尊重法律和他人的权利以及其他兄弟人类的幸福；因为这些基本价值正是一个文明社会赖以生存的基础和希望。

（选自《智慧的灵光》，改革出版社，1999年版）

【交流之窗】

有人担忧人会成为电脑的奴隶，有人会说："怎么可能呢？电脑有人的感情吗？它连控制人的欲望都没有，再说，如果它想控制人类，那它就变成邪恶的了，而人类是正义的，邪恶就算不被正义灭亡，也会被邪恶灭亡。"然而，最可怕的是人类失去了基本价值，而电脑拥有了——诚实、自由、平等、相互信任、爱情、尊重法律和他人的权利以及其他兄弟人类的幸福。这样的事情会不会发生，我们不知道。本杰明·亚历山大的这篇文章，让我们更理性地去认识和处理我们与电脑的关系。

第七编
科学与中国

⊙ 邢永峰绘

本编探讨的话题是"科学与中国",近代以来,西风东渐,科学技术在中国发展是毋庸置疑的。但长久以来,对于中国古代传统文化,人们一贯重视其人文性,重视其哲理教化:读庄子,悟其天道无为,顺应自然;读孔孟,得其仁义,知己为人;读诗词,赏其悦耳之音,肺腑之情。人们只知其精神的一面,却少有问津其物质的一面。

恩格斯在《在马克思墓前的讲话》中指出:"正像达尔文发现有机界的发展规律一样,马克思发现了人类历史的发展规律,即历来为繁芜丛杂的意识形态所掩盖着的一个简单事实:人们首先必须吃、喝、住、穿,然后才能从事政治、科学、艺术、宗教,等等。所以,直接的物质的生活资料的生产,从而一个民族或一个时代的一定的经济发展阶段,便构成基础,人们的国家设施、法的观点、艺术以至宗教观念,就是从这个基础上发展起来的。"因而,我们必须挖掘被掩盖的中国古代传统文化的科学性的一面,挖掘中国文明五千年屹立不倒的根本原因。

归根结底,东西方思维方式不同,文化迥异,科学思想也是两种不同的体系,各领风骚。二十一世纪的今天,中西文化的融合,中西科学体系的优势互补促进着人类社会的发展。君不见,屠呦呦带着标志中国古代科技的中医药登上了诺贝尔奖的领奖台,中国的科学和科学的中国尽显风流。

  同学们,你读《诗经》时,读屈原时,读先秦诸子时,读历代历朝诗文时,尝试过从自然科学的角度去思考吗?从来没有?那么,我建议,按天、地、人的顺序再读一遍。

● 文学之花

天问(节选)

屈 原

屈原,楚国诗人、政治家。芈姓,屈氏,名平,字原。

曰:遂古之初,谁传道之?上下未形,何由考之?

冥昭瞢暗,谁能极之?冯翼惟像,何以识之?

明明暗暗,惟时何为?阴阳三合,何本何化?

圜则九重,孰营度之?惟兹何功,孰初作之?

斡维焉系,天极焉加?八柱何当,东南何亏?

九天之际,安放安属?隅隈多有,谁知其数?

天何所沓?十二焉分?日月安属?列星安陈?

出自汤谷,次于蒙汜。自明及晦,所行几里?

夜光何德,死则又育?厥利维何,而顾菟在腹?

女歧无合,夫焉取九子?伯强何处?惠气安在?

何阖而晦?何开而明?角宿未旦,曜灵安藏?

【翻译】

请问远古开始之时,谁将此态流传导引?天地尚未成形之前,又从哪里得以产生？

明暗不分混沌一片，谁能探究根本原因？迷迷蒙蒙这种现象，怎么识别将它认清？

白天光明夜晚黑暗，究竟它是为何而然？阴阳三合而生宇宙，哪是本体哪是演变？

天的体制传为九重，有谁曾去环绕量度？这是多么大的工程，是谁开始把它建筑？

天体轴绳系在哪里？天极不动设在哪里？八柱撑天对着何方？东南为何缺损不齐？

平面上的九天边际，抵达何处连属何方？边边相交隅角很多，又有谁能知其数量？

天在哪里与地交会？黄道怎样十二等分？日月天体如何连属？众星在天如何置陈？

太阳是从汤谷出来，止宿则在蒙汜之地。打从天亮直到天黑，所走之路究竟几里？

月亮有着什么德行，竟能死了又再重生？月中黑点那是何物，是否兔子腹中藏身？

神女女歧没有配偶，为何能够产下九子？伯强之神居于何处？天地瑞气又在哪里？

天门关闭为何天黑？天门开启为何天亮？东方角宿还没放光，太阳又在哪里匿藏？

【交流之窗】

屈原的《天问》共373句，以四言为主，跌宕起伏，逻辑缜密，涉及天文地理、自然社会、史实人物的提问，充满了科学主义的因素，蕴涵着可贵的科学精神。文字晦涩艰深，佶屈聱牙，让我们慢慢咀嚼、思考。节选部分屈原向天发问，都问了些什么呢？其科学精神体现在哪里呢？

浪淘沙

刘禹锡

刘禹锡（772—842），字梦得，唐朝文学家、哲学家，有"诗豪"之称。

日照澄洲江雾开，淘金女伴满江隈。
美人首饰侯王印，尽是沙中浪底来。

【交流之窗】

早晨，太阳照到江中的水洲"澄洲"上，笼罩在江上的浓雾慢慢地散开。江上逐渐晴朗。淘金的妇女在江边弯曲处淘金。此处，水流的速度比较大，能够更好地把沙金与沙子分开。美人首饰和王侯印，都是由浪搅动沙子得到的。

石钟山记

苏 轼

《水经》云:"彭蠡之口,有石钟山焉。"郦元以为下临深潭,微风鼓浪,水石相搏,声如洪钟。是说也,人常疑之。今以钟磬置水中,虽大风浪不能鸣也,而况石乎!至唐李渤始访其遗踪,得双石于潭上,扣而聆之,南声函胡,北音清越,桴止响腾,余韵徐歇。自以为得之矣。然是说也,余尤疑之。石之铿然有声者,所在皆是也,而此独以钟名,何哉?

元丰七年六月丁丑,余自齐安舟行适临汝,而长子迈将赴饶之德兴尉,送之至湖口,因得观所谓石钟者。寺僧使小童持斧,于乱石间择其一二扣之,硿硿焉。余固笑而不信也。至莫夜月明,独与迈乘小舟,至绝壁下。大石侧立千尺,如猛兽奇鬼,森然欲搏人;而山上栖鹘,闻人声亦惊起,磔磔云霄间;又有若老人咳且笑于山谷中者,或曰此鹳鹤也。余方心动欲还,而大声发于水上,噌吰如钟鼓不绝。舟人大恐。徐而察之,则山下皆石穴罅,不知其浅深,微波入焉,涵淡澎湃而为此也。舟回至两山间,将入港口,有大石当中流,可坐百人,空中而多窍,与风水相吞吐,有窾坎镗鞳之声,与向之噌吰者相应,如乐作焉。因笑谓迈曰:"汝识之乎?噌吰者,周景王之无射也;窾坎镗鞳者,魏庄子之歌钟也。古之人不余欺也！"

　　事不目见耳闻，而臆断其有无，可乎？郦元之所见闻，殆与余同，而言之不详；士大夫终不肯以小舟夜泊绝壁之下，故莫能知；而渔工水师虽知而不能言，此世所以不传也。而陋者乃以斧斤考击而求之，自以为得其实。余是以记之，盖叹郦元之简，而笑李渤之陋也。

【交流之窗】

　　《石钟山记》是一篇考察性的游记。写于宋神宗元丰七年（1084）夏天，苏轼送长子苏迈赴任汝州的旅途中。文章通过记叙作者对石钟山得名由来的探究，说明要认识事物的真相必须"目见耳闻"，切忌主观臆断的道理。怀疑、批判、求证，为苏轼的科学精神点赞！

捕鼠木钟馗

沈 括

沈括（1031—1095），北宋政治家、科学家，主要作品《梦溪笔谈》。

庆历中，有一术士姓李，多巧思。尝木刻一"舞钟馗①"，高二三尺，右手持铁简②，以香饵置钟馗左手中。鼠缘手取食，则左手扼鼠，右手运简毙之。以献荆王，王馆于门下。会太史言月当蚀于昏时，李自云："有术可禳③。"荆王试使为之，是夜月果不蚀。王大神之，即日表闻，诏付内侍省问状。李云："本善历术，知《崇天历》蚀限④太弱，此月所蚀，当在浊中。以微贱不能自通，始以机巧干荆邸，今又假禳以动朝廷耳。"诏送司天监考验。李与判监楚衍推步日月蚀，遂加蚀限二刻；李补司天学生。至熙宁元年七月，日辰⑤蚀东方，不效。却是蚀限太强，历官皆坐谪。令监官周琮重修，复减去庆历所加二刻。苟欲求熙宁日蚀，而庆历之蚀复失之，议久纷纷，卒无巧算，遂废《明天》，复行《崇天》。至熙宁五年，卫朴造《奉元历》，始知旧蚀法止用日平度，故在疾者过之，在迟者不及。《崇》《明》二历加减，皆不曾求其所因，至是方究其失。

【注释】

①钟馗：传说中一个专门打鬼的判官。

②铁简：文中指狭长的铁板子。

③禳（ráng）：迷信的人用祈祷的办法消除灾难。

④蚀限：即食限，指日食限和月食限。

⑤辰：辰时，指上午7时至9时。

【交流之窗】

古人聪明吗？这个木刻捕鼠器"舞钟馗"很有意思吧，你是不是也感到古代的机械物理很先进呢？继续阅读下去，没有天文望远镜，古人居然可以准确地推断日食月食，可见北宋时期自然科学已取得辉煌成就。

● 理性之光

墨子·备穴（节选）

墨　子

墨子，战国时期著名的思想家、教育家、科学家、军事家，墨家学派的创始人。

　　禽子再拜再拜曰："敢问古人有善攻者，穴土而入，缚柱施火，以坏吾城，城坏，或中人为之奈何？"

　　子墨子曰：问穴土之守邪？备穴者城内为高楼，以谨候望适人①。适人为变筑垣聚土非常者，若彭有水浊非常者，此穴土也。急堑城内，穴其土直之。穿井城内，五步一井，傅城足。高地，丈五尺，下地，得泉三尺而止。令陶者为罂②，容四十斗以上，固顺之以薄鞈革，置井中，使聪耳者伏罂而听之，审知穴之所在，凿穴迎之。

【注释】

①适人：敌人。②罂：大腹小口的圆形坛子。

【交流之窗】

伏罂而听：为防止城外的敌人从地下面开凿地道进来攻击，于是就在城内挖一口井,埋上一个装酒的大腹小口的坛子(容器)在地下,找一个耳朵很灵敏的人伏在地上去侦听,就能知道敌人挖的洞穴的位置,进而准确地对付敌人。

"伏罂而听"所体现的科学道理是:(1)声音能在固体气体中传播。(2)声音传播的方向是向着各个方向的。

天工开物（节选）

宋应星

宋应星（1587—？），字长庚，江西奉新人，中国明末清初著名的科学家，《天工开物》一书的著作者。

釜

凡釜储水受火，日用司命系焉①。铸用生铁或废铸铁器为质。大小无定式，常用者径口二尺为率，厚约二分。小者径口半之，厚薄不减。其模内外为两层，先塑其内，俟久日干燥，合釜形分寸于上，然后塑外层盖模。此塑匠最精，差之毫厘则无用。模既成就干燥，然后泥捏冶炉，其中如釜，受生铁于中。其炉背透管通风，炉面捏嘴出铁。一炉所化约十釜、二十釜之料。铁化如水，以泥固②纯铁柄勺从嘴受注。一勺约一釜之料，倾注模底孔内，不俟冷定即揭开盖模，看视罅绽未周③之处。此时釜身尚通红未黑，有不到处即浇少许于上补完，打湿草片按平，若无痕迹。凡生铁初铸釜，补绽者甚多，惟废破釜铁熔铸，则无复隙漏（朝鲜国俗，破釜必弃之山中，不以还炉）。

凡釜既成后，试法以轻杖敲之，响声如木者佳，声有差响则铁质未熟之故，他日易为损坏。海内丛林大处④，铸有千僧锅者，煮糜受米二石，此直痴物⑤也。

【注释】

①日用司命系焉：日常所用，为人的生命所关。②泥固：以泥垫牢。③罅绽未周：有缝隙而不周全。④丛林大处：大寺院。⑤痴物：傻大笨粗之物。

镜

凡铸镜，模用灰沙，铜用锡和（不用倭铅①）。《考工记》亦云："金锡相半，谓之鉴、燧之剂②。"开面成光，则水银附体而成，非铜有光明如许也。唐开元宫中镜尽以白银与铜等分铸成，每口值银数两者以此故。朱砂斑点乃金银精华发现（古炉有人金于内者）。我朝宣炉③亦缘某库偶灾，金银杂铜锡化作一团，命以铸炉（真者④错现金色）。唐镜、宣炉皆朝廷盛世物云。

【注释】

①倭铅：即锌。②鉴、燧之剂：鉴即照人之镜，燧则为取火之镜。剂：材料。③宣炉：宣德年间所造香炉，极珍贵。④真者：宣炉因珍贵，此相对伪者而言。

（选自《开工天物》，哈尔滨出版社，2009年版）

【交流之窗】

《天工开物》初刊于1637年（明崇祯十年），是世界上第一部关于农业和手工业生产的综合性著作，是中国古代一部综合性的科学技术著作，外国学者称它为"中国17世纪的工艺百科全书"。本文所节选的是有关釜和镜的最详尽的铸造技术，仔细地讲解了釜和镜的铸造方法、步骤，包括从制造模子到灌模完成，以及所使用的金属成分。如今，釜与镜已成文物，其价值无比珍贵，其铸造技术值得后人探索。

中国哲学里的科学精神与方法（节选）

胡 适

胡适（1891—1962），著名思想家、哲学家。

"对于冷静追求真理的爱好"，"尽力抱评判态度而排除成见去运用人类的理智，尽力深入追求，没有恐惧也没有偏好"，"有严格的知识探索上的勇气"，"给精确而不受成见影响的探索立下标准"——这些都是科学探索的精神与方法的特征。我的论文的主体就是讨论在中国知识史、哲学史上可以找出来的这些科学精神与方法的特征。

首先，古代中国的知识遗产里确有一个"苏格拉底传统"。自由问答、自由讨论、独立思想、怀疑、热心而冷静的求知，都是儒家的传统。孔子常说他本人"学而不厌，诲人不倦""好古敏以求之"。有一次，他说他的为人是"发愤忘食，乐而忘忧，不知老之将至"。

过去两千五百年中国知识生活的正统就是这一个人创造磨琢成的。孔子确有许多地方使人想到苏格拉底。像苏格拉底一样，孔子也常自认不是一个"智者"，只是一个爱知识的人。他说："知之者不如好之者；好之者不如乐之者。"

儒家传统里一个很可注意的特点是，有意奖励独立思想，奖励怀疑。孔子说到他的最高才的弟子颜回，曾这样说："回也，非助我者也，于吾言无所不说（悦）。"然而他又说过："吾与回言终日，不违如愚。退而省其私，亦足以发。"孔子分明不喜欢那些对他说的话样样都满意的听话弟子。他要奖励他们怀疑，奖励他们提出反对的意见。这个怀疑问难的精神到了孟子最表现得明白了。他公然说"尽信书不如无书"，公然说他看"武成"一篇只"取其二三策"，孟子又认为要懂得诗经必须先有一个自由独立的态度。

孔子有一句极有名的格言是："学而不思则罔；思而不学则殆。"他说到他自己："吾尝终日不食不寝以思，无益，不如学也。""学如不及，犹恐失之。""朝闻道，夕死可也。"这正是中国的苏格拉底传统。

知识上的诚实是这个传统的一个紧要部分。孔子对一个弟子说："由，诲女（汝）知之乎？知之为知之，不知为不知，是知也。"又有一次，这个弟子问怎样对待鬼神，孔子说："未能事人，焉能事鬼？"这个弟子接着问到死，孔子说："未知生，焉知死？"这并不是回避问题；这是教训一个人对于不真正懂得的事要保持知识上的诚实。这种对于死和鬼神的存疑态度，对后代中国的思想发生了持久不衰的影响。这也是中国的苏格拉底传统。

近几十年里，有人怀疑老子、老聃，是不是个历史的人物，又怀疑《老子》这部古书的真伪和成书年代。然而我个人还是相信孔子的确做过这位前辈哲人"老子"的学徒，我更相信在孔子的思想里看得出有老子的自然主义宇宙观和无为政治哲学的影响。

在那样早的时代（公元前六世纪）发展出来一种自然主义的宇宙观，是一件真正有革命性的大事。诗经的国风和雅颂里所表现的中国古代观念上的"天"或"帝"，是一个有知觉、有感情、有爱有恨的人类与宇宙的最高统治者。又有各种各样的鬼神也掌握人类的命运。到了老子才有一种全新的哲学概念提出来，代替那种人格化的一个神或许多个神：

> 有物混成，
> 先天地生。
> 寂兮寥兮，
> 独立而不改，
> 周行而不殆，
> 可以为天地母。
> 吾不知其名，
> 字之曰道，
> 强为之名曰大。

这个新的原理叫作"道"，是一个过程，一个周行天地万物之中，又有不变的存在的过程。道是自然如此的，万物也是自然如此的。

"道常无为，而无不为。"这是这个自然主义宇宙观的中心观念。

这个观念又是一种无为放任的政治哲学的基石。"太上,下知有之。"这个观念又发展成了一种谦虚的道德哲学,一种对恶对暴力不抵抗的道德哲学:"上善若水,水善利万物而不争。""柔弱胜刚强。""常有司杀者杀。夫代司杀者杀,是谓代大匠斫。夫代大匠斫者,希有不伤其手矣。"

这是孔子的老师老子所创的自然主义传统。然而老师和弟子有一点基本的不同。孔子是一个有历史头脑的学者,一个伟大的老师,伟大的教育家,而老子对知识和文明的看法是一个虚无主义者的看法。老子的理想国是小国寡民,有舟车之类的"什伯人之器而不用";"使民复结绳而用之!""常使民无知无欲"。这种知识上的虚无主义与孔子"有教无类"的民主教育哲学何等不同!

然而这个在老子书里萌芽,在以后几百年里充分生长起来的自然宇宙观,正是经典时代的一份最重要的哲学遗产。自然主义本身最可以代表大胆怀疑和积极假设的精神。自然主义与孔子的人本主义,这两样的历史地位是完全同等重要的。中国每一次陷入非理性、迷信、出世思想——这在中国很长的历史上有过好几次——总是靠老子和哲学上的道家的自然主义,或者靠孔子的人本主义,或者靠两样合起来,努力把这个民族从昏睡里救醒。

第一个反抗汉朝的国教,"抱评判态度而排除成见去运用人类的理智,尽力深入追求,没有恐惧也没有偏好"的大运动,正是道家的自然主义哲学与孔子、孟子的遗产里最可贵的怀疑和看重知识上的诚实的精神合起来的一个运动。这个批评运动的一个最伟大的代表是《论衡》八十五篇的作者王充(27—约97)。

王充说他自己著书的动机:"亦一言也,曰:疾虚妄。""是反转为非,虚转为实,安能不言! ……世间书传,多若等类,浮妄虚伪,没夺正是,心溃涌,笔手扰,安能不论! 论则考之以心,效之以事;浮虚之事,辄立证验。"

他所批评的是他那个年代的种种迷信、种种虚妄,其中最大最有势力的是占中心地位的灾异之说。汉朝的国教,挂着儒教的牌子,把灾异解释作一个仁爱而全知的神(天)所发的警告,为的是使人君和政府害怕,要他们承认过失,改良恶政。这种汉儒的宗教是公元前一、二世纪里好些哲人政治家造作成的。他们所忧心的是在一个极广阔的统一帝国里如何对付无限君权这个实际问题,这种忧心也是有理由的;他们有意识或半有意识地看中了宗教手段,造出来一套苦心结构的"天人感应"的神学,这套神学在汉朝几百年里也似乎发生了君主畏惧的作用。

最能够说明这套灾异神学的是董仲舒(前179—前104)。他说话像一个先知,也很有权威:"人之所为,其美恶之极,乃与天地流通而往来相应。""国家将有失道之败,而天乃先出灾害以谴告之;不知自省,又出怪异以警惧之;尚不知变,而伤败乃至。以此见天心之仁爱人君而欲止其乱也。"这种天与人君密切相感应的神学,据说是有《尚书》与《春秋》(记载天地无数异变,有公元前722至前481之间的三十六次日蚀，五次地震）的一套精细解释作根据。然而儒家经典还不够支持这个荒谬迷忌的神学，所以还要加上一批出不完的伪书，叫作"忏"（预言）、"纬"（与经书交织来辅助经书的材料），是无数经验知识与千百种占星学的古怪想法混合成的。

这个假儒学家的国教到了最盛的时候确被人认真相信了，所以有好几个丞相被罢黜，有一个丞相被赐死，据说只是因为天有了灾异的警告。三大中古宗教之一真是控制住帝国了。

王充的主要批评正针对着一个有目的的上帝与人间统治者互相感应这种基本观念。他批评的是帝国既成的宗教的神学。他用来批评这种神学的世界观是老子与道家的自然主义哲学。他说：

"夫天道，自然也，无为；如谴告人，是有为，非自然也。……损皇天之德，使自然无为转为人事，故难听之也。"

因为，他又指出："人在天地之间，犹蚤虱之在衣裳之内，蝼蚁之在穴隙之中。……天至高大，人至卑小。……以七尺之细形，感皇天之大气，其无分铢之验，必也。"这也就是他指摘天人感应之说实在是"损皇天之德"的理由。

他又提出理由来证明人和宇宙间的万物都不是天地有意（故）生出来的，只是自己偶然（偶）如此的："儒者论曰，'天地故生人。'此言妄也。夫天地合气，人偶自生也。……因气而生，种类相产。……如天故生万物，当令其相亲爱，不当令之相贼害也。……则生虎狼蝮蛇及蜂虿之虫，皆贼害人，天又欲使人为之用邪？"

公元第一世纪正是汉朝改革历法的时代。所以王充尽量利用了当时的天文学知识,打破那流行的恶政招来灾异谴告的迷信说法。他说:"四十一二月日一食,五六月月亦一食。食有常数,不在政治。百变千灾,皆同一状,未必人君政教所致。"

然而王充对于当世迷信的无数批评里用得最多的证据还是日常经验中的事实。他提出五"验"来证明雷不是上天发怒,只是空中阴阳两气相激而生的一种火,他又举许多条证据来支持他的无鬼论。其中说得最巧妙,从来没有人能驳的一条是:"如审鬼者,死人之精神,则人见之,宜徒见裸袒之形,无为见衣带被服也。何则?衣服无精神,人死与形体俱朽,何以得贯穿之乎?"

以上就我所喜欢的哲学家王充已经说得很多了。我说他的故事,只是要表明中国哲学的经典时代的大胆怀疑和看重知识上的诚实的精神,如何埋没了几百年还能够重新起来推动那种战斗:用人的理智反对无知和虚妄、诈伪,用创造性的怀疑和建设性的批评反对迷信,反对狂妄的威权。大胆的怀疑追问,没有恐惧也没有偏好,正是科学的精神。"浮虚之事,辄立证验",正是科学的手段。

【交流之窗】

什么是科学精神?苏格拉底、孔子、王充、胡适都做了回答,那就是自由、独立、怀疑、批判。忽然想起拉斐尔的壁画《雅典学院》，它以古希腊哲学家柏拉图所建的雅典学院为题，以古代七种自由艺术，即语法、修辞、逻辑、数学、几何、音乐、天文为基础，以柏拉图和亚里士多德为中心，画了五十多个大学者，自由地讨论，情绪热烈，洋溢着百家争鸣的气氛，凝聚着人类智慧的精华。你从中感受到了科学的精神吗？

中国科学对世界的影响

李约瑟　　范育庭　译

李约瑟（1900—1995），英国生物化学家、科学史学家，著有《中国科学技术史》。

在详述通盘考察中所得到的主要奇论之前，我们必须注意一桩奇怪而可能是意味深长的事实。即：至少在技术领域里，我们可能发觉，由亚洲，主要是由中国来的新发明，都是成群结队的，我将称之为"团"（clusters）。例如，在公元第4世纪与第6世纪间，大家看到绫机与胸带式马具携手而来。第8世纪时，马镫对欧洲发挥不寻常的影响力，不久卡当平衡环装置出现了。第10世纪初，颈圈式马具拖着简单的抛石机到欧洲来。第11世纪时我们看到印度数字、数位，零的符号传遍全欧。在第12世纪要接近尾声时，磁罗盘、船尾骨舵、造纸术、风车的构想，团簇而来，后面还紧跟着独轮车与用平衡力操作的抛石机。这正是托雷登星表（Toledan Tables）出现的时代。13世纪末与14世纪初，又来了另一团发明物：火药、缫丝机、机械钟与拱桥，这是亚丰朔星表（Alfonsine Tables）时代。相当时间以后，我们看到铸铁鼓风炉、木版印刷的到来，不久后面又来了活字版印刷，不过这些仍属于第二团之一部分。15世纪时，旋转运动与直线往复运动互换之标准方法在欧洲建立起来了,而东亚在其他工程上的构想,诸如燃气叶轮、竹蜻蜓、卧式的风车、球链飞轮、运河的闸门等也纷纷出现。16世纪时带来了风筝,赤道式枢架与坐标,无穷空间理论,铁链吊桥,帆车,诊服术的重视,及音乐声学上的平均律。18世纪殿后者,则是种痘术(疫苗接种法之前身)、瓷器技术、飚扇簸坑机、防水隔舱,以及一些以后引进来的东西,像医学健身法及文官考试制度等,所组成的一团。

这张技术传播一览表,虽然很不完整,但稍可把欧洲吸收东亚的发现与发明之年代整理一下。大体而言,我们无法追溯任一张"蓝图"或任一启发性的观念之传播路线,更无把握说已有办法解决任何问题,可是我们仍可清楚地见到,在特别的时间里,都有便于技术传播的一般环境——在十字军东征,及新疆有西辽王国时,第12世纪那一团便传到了欧洲;在大蒙古风时代,就出现了第14世纪那一团;当鞑靼奴婢出现在欧洲时,便出现第15世纪那一团;葡萄牙旅行家及耶稣会教士来华时便出现第16世纪以后之各团。早期的传播年代较为模糊,有进一步研究的必要,但我们可以清楚地看到世界受惠于东亚,尤其是中国技术之全盘图像。

我想作为结论的第一个奇论是,根据一般人的见解,中国从来就没有科学技术。看到了我们在前面所述之一切,大家可能会奇怪何以一般人会有这样的见解,可是在我开始研究这些问题时,我发现这正是在我之前的汉学家之看法,他们还把这种见解郑重地写进许多名著之中。他们的说法再经看不懂中国文献,只对中国人日常生活作肤浅观察的人,一代一代复述下去,终于使中国人自己也相信了。中国大哲学家冯友兰,在四十多年以前写了一篇论文,题目是《何以中国无科学》。他在文中说:

我要斗胆地下个结论:中国不曾有过科学,因为根据中国人的价值标准,中国不需要科学。……中国的哲学家不需要科学的确定性,因为他们想知道的只是自己;同样的,中国哲学家不需要科学的力量,因为他们想征服的只是自己。对他们而言,智慧的内容并不是知识,而智慧的功能也不在增加身外的财富。

这段话当然有一点道理,但只是有一点而已,而他可能是在感情用事,以为既然以前中国得不到科学,现在也不值得要了。和冯友兰之青年的悲观主义相反,是同样不正当的汤恩比之乐观主义:

不管是否可能在西方历史的源流上,找到西方人机械癖的泉源,我不怀疑机械癖是西方文明特有的,就像爱美癖是希腊文明特有的,宗教癖是印度文明特有的。

今日大家都十分明白,哲学上的神秘主义、科学思想或技术才能并非任何民族之专利品。中国人并非如冯友兰所说的,对于外界自然不感兴趣;而欧洲人也绝不像汤恩比所吹嘘的,那么富有发明天才。所以会有这种奇论,半由于大家对于"科学"一词的意义,还不清楚。假如我们把科学的意义局限在现代科学的范围里,那么科学的确只起源于文艺复兴后期,16、17世纪的西欧,而以伽利略的生活时代为转折点。但就整个的科学来说，便不是这么回事了！因为在世界上各部分，上古及中古的民族早就奠定了科学的基础，等待着科学大厦的兴建。当我们说现代科学只在伽利略时代的西欧发展，我想，我们大部分的意思是，只有在那个地方才能发展出应用数学化的假说来说明自然现象之基本原则，并使用数学来提出问题，一言以蔽之，即将数学与实验结合起来。但是如果我们同意文艺复兴时代发现了发现的方法，那么我们必不可忘记在伽利略式突破前，科学方面已有几百年的努力。至于何以科学突破只出现在欧洲，那是社会学的研究主题，我们在此不必预先判断这种研究结果如何，然我们已十分明白，只有欧洲才经历文艺复兴、科学革命、宗教改革与资本主义勃兴之联合变化。而这一切也是社会主义社会与原子时代以前不安定的西方所发生的最不寻常的现象。

但在这里又发生第二个奇论。由上面所说的一切，我们清楚地知道，在公元前第5世纪与公元后第15世纪之间，中国的官僚封建制度，在将自然知识作实际应用方面，比欧洲蓄奴的古典文化，或以农奴为基础的贵族武士封建制度，来得有效率得多。中国人的生活水准通常比较高，而大家都知道马可波罗认为杭州是个天堂。虽然大体上中国人的科学理论比较少，但是他们的实用技术一定比较多。虽然士大夫阶级有计划的压抑商业资本的成长，但是他们似乎不热心于压制新技术新发明，因为新的技术可以用来改良他们统治的省或县的生产规模。虽然中国有一座似乎永无竭尽的劳力宝库，但事实上我们没有碰到过任何因公然恐惧技术引起失业而拒绝接受新发明的情形。事实上，官僚制度的作风在许多方面好像都会帮助过应用科学的发展。例如，汉朝政府使用地震计以便在灾难的消息到达京师前先侦测出灾难的发生及发生的地点。宋朝政府建立了一个雨量及雪量的侦测网。唐朝政府派人测量从印支半岛到蒙古地方长达一千五百里的子午线弧，并绘制爪哇到南极二十度内的星图。在制定kilcometre之前一百年，中国的"里"早就被制定为测量天地的标准。那么我们可不要轻视天朝的官吏了。

于是我们终于谈到奇论中的奇论——"停滞的"（stagnant）中国捐赠给西方那么多的发现与发明，这些东西在西方社会中的作用就像是定时炸弹一样。"停滞"这个陈腔滥调，系生于西方人的误会，而永远不能适用于中国。中国是慢而稳定地进步着，在文艺复兴以后，才被现代科学的快速成长及其成果所赶上。对中国人而言，如果他们能够知道欧洲的转变，那么他们会以为欧洲就好像是永远在作剧烈变化的文明。对欧洲人而言，当他们逐渐认识中国时，中国似乎总还是那副样子。也许西方的凡夫俗子最愚蠢的行为便是相信：虽然中国人发明了火药，但他们却笨得——或聪明得只用来放鞭炮，而却让西方人去发挥火药的一切威力。我们不愿意否认西方人有某种造炮（Buchsenmeisterei）的癖好，但在凡夫俗子的心目中却以为没有西方，创造性或伟大的发明便不能发生。中国人一定要使墓穴朝正南方，但哥伦布发现了美洲。中国人设计了蒸汽机的构造，但瓦特将蒸气用于活塞。中国人发明了旋转扇,但只用来冷却宫殿。中国人了解自然淘汰,但却将之限用于金鱼的饲养上。一切像这样虚幻的对立命题,就历史而言皆可证明其为伪。中国人的发明与发现,大多有了广泛的用途,只是在相当安定的社会控制之下而已。

无疑的,中国社会具有某种自然超于稳定平衡的倾向,而欧洲则具有与生俱来的不稳定性格。当田尼生在著名诗句中谈论"辚辚轨道前进的变化"与"欧洲50年胜过中国一甲子"时,他觉得有某种理由迫使他相信,激烈的技术改革总是有利无害的,可是我们在今天可能就不会这么肯定了。他只知其果,不知其因,而且在他的时代,生理学家还不了解内部环境的恒定性,而工程师也不会建造过自我调节的机器。中国是一个能自己调节的,保持缓慢的变动之平衡有机体,一个恒温器——事实上,传达控制学的概念大可用来说明经历每一种恶劣环境而都会保持其稳定进步的文明。这种文明,好像装有一架自动控制器,一组回馈的机构,在一切骚扰之后仍回复到"现状",尽管有些是基本的发现与发明所产生的骚扰。从旋转的磨石迸出来的火花点燃了西方的火种,而磨石则纹风不动,亦未磨损。有鉴于此,我们了解,由于中国文化具有这种性格,所以才能设计出指南车,因为指南车正是一切传达控制机之祖。

中国社会的相当"稳定状态"并没有什么特别优越的地方。在许多方面,中国很像古埃及,其长期绵绵的连续存在使年轻而善变的希腊人大感惊奇。内部环境的保持常态,只是生命体的一种功能而已。

虽然很重要，但比不上中枢神经系统的活动复杂。改变形态也是一种完美的生理作用，在某些生物中，身体的一切组织甚至可以完全分解再重新组合。也许文明就像不同种的生物一样，其发展期长短不一，而变化的程度大小不同。

中国社会的相当"稳定状态"也没有什么特别神秘的地方。社会构造的分析肯定地指出中国的农业性质，早期需要大量的水利工程、中央集权政府、非世袭的文官制度，等等。这和西方社会构造之截然不同，乃是毫无疑问的。

然则，欧洲的不安定性之理由何在？有人以为是贪得无厌的浮士德灵魂在作祟。但我宁愿用地理上的原因来说明。欧洲是多岛地带，一直有独立城邦的传统。这个传统是以海上贸易，以及统治小块土地之贵族武士为基础，欧洲又特别缺乏贵金属，对不能自制的商品（特别像丝、棉、香料、茶、瓷器、漆器）有持续的需要，而表音文字又使欧洲趋于分裂。于是产生出许多战国，方言歧异，蛮语鴃舌。相形之下，中国为一紧密相连的农业大陆，自公元前第3世纪以来就是统一的帝国，其行政传统在古代无与之匹敌者，又极富于矿物、植物、动物，而由适合于单音节语言的表意文字系统将之凝结起来。欧洲是浪人文化、海贼文化，在其疆域之内总觉得不自在，而神经兮兮地向外四处探求，看看能找到什么东西——像亚历山大到大夏，维京人到文兰地，葡萄牙人到印度洋。中国有较多的人口，自给自足，几乎对外界无所需求（19世纪以后则不然，故有东印度公司之鸦片政策），大体上只作偶然的探险，而根本不关心未受王化的远方土地。欧洲人永远在天主与"原子真空"之间动摇不定，陷于精神分裂；而聪明中国人则想出一种有机的宇宙观，将天与人，宗教与国家，及过去、现在、未来之一切事物皆包括在里面。也许由于这种精神紧张，使欧洲人在时机成熟时得以发挥其特殊创造力。无论如何，此创造力所产生的现代科学与工业之洪流在冲毁中国海上长城时，中国才觉得有加入科学力与工业力所形成的世界共同体之必要，而中国遗产也就和其他文化的遗产联合起来，坦然地形成一个互助合作的世界联邦。

（选自《智慧的灵光》，改革出版社，1999年版）

【交流之窗】

读完《中国科学对世界的影响》一文，我由衷地对李约瑟博士充满了敬意！我想你和每一名中国读者都应该有如同我一般的感受！是他客观公正地为中国正名！中国有科学！中国对世界科学做出不可否定的贡献！要知道，长期以来，包括哲学家冯友兰在内的多少中国人，对自己国家在科学方面的贡献都缺乏深入的了解，何况外国人呢？中国是慢而稳定地进步着，在文艺复兴以后，中国被现代科学的快速成长及其成果赶上。但既然我们有过一个对世界科学做出真真切切贡献的过去，相信，我们就能有一个反超的明天！更何况，如今的中国科学已经全速起航。

青蒿素——中医药给世界的一份礼物

屠呦呦

应诺贝尔奖委员会邀请,北京时间2015年12月7日晚8点,中国科学家屠呦呦与另外两位诺贝尔生理学或医学奖获得者在瑞典卡罗林斯卡医学院讲演。九点一刻左右,屠呦呦作为第三个演讲嘉宾出场,用中文发表题为《青蒿素中医药给世界的一份礼物》的演说。

尊敬的主席先生,尊敬的获奖者,女士们,先生们:

今天我极为荣幸能在卡罗林斯卡医学院讲演,我报告的题目是:青蒿素——中医药给世界的一份礼物。

在报告之前,我首先要感谢诺贝尔奖评委会,诺贝尔奖基金会授予我2015年生理学或医学奖。这不仅是授予我个人的荣誉,也是对全体中国科学家团队的嘉奖和鼓励。在短短的几天里,我深深地感受到了瑞典人民的热情,在此我一并表示感谢。

谢谢William C.Campbell(威廉姆·坎贝尔)和Satoshi ōmura(大村智)二位刚刚所作的精彩报告。我现在要说的是四十年前,在艰苦的环境下,中国科学家努力奋斗从中医药中寻找抗疟新药的故事。

关于青蒿素的发现过程,大家可能已经在很多报道中看到过。在此,我只做一个概要的介绍。这是中医研究院抗疟药研究团队当年的简要工作总结,其中蓝底标示的是本院团队完成的工作,白底标示的是全国其他协作团队完成的工作。蓝底向白底过渡标示既有本院也有协作单位参加的工作。

中药研究所团队于1969年开始抗疟中药研究。经过大量的反复筛选工作后,1971年起工作重点集中于中药青蒿。又经过很多次失败后,1971年9月,重新设计了提取方法,改用低温提取,用乙醚回流或冷浸,而后用碱溶液除掉酸性部位的方法制备样品。1971年10月4日,青蒿乙醚中性提取物,即标号191#的样品,以1.0克/公斤体重的剂量,连续3天,口服给药,鼠疟药效评价显示抑制率达到100%。同年12月到次年1月的猴疟实验,也得到了抑制率100%的结果。青蒿乙醚中性提取物抗疟药效的突破,是发现青蒿素的关键。

1972年8至10月,我们开展了青蒿乙醚中性提取物的临床研究,30例恶性疟和间日疟病人全部显效。同年11月,从该部位中成功分离得到抗疟有效单体化合物的结晶,后命名为"青蒿素"。

1972年12月开始对青蒿素的化学结构进行探索,通过元素分析、光谱测定、质谱及旋光分析等技术手段,确定化合物分子式为$C_{15}H_{22}O_5$,分子量282。明确了青蒿素为不含氮的倍半萜类化合物。

1973年4月27日,经中国医学科学院药物研究所分析化学室进一步复核了分子式等有关数据。1974年起,与中国科学院上海有机化学研究所和生物物理所相继开展了青蒿素结构协作研究的工作。最终经X光衍射确定了青蒿素的结构。确认青蒿素是含有过氧基的新型倍半萜内酯。立体结构于1977年在中国的科学通报发表，并被化学文摘收录。

1973年起，为研究青蒿素结构中的功能基团而制备衍生物。经硼氢化钠还原反应，证实青蒿素结构中羰基的存在，发明了双氢青蒿素。经构效关系研究：明确青蒿素结构中的过氧基团是抗疟活性基团，部分双氢青蒿素羟基衍生物的鼠疟效价也有所提高。

这里展示了青蒿素及其衍生物双氢青蒿素、蒿甲醚、青蒿琥酯、蒿乙醚的分子结构。直到现在，除此类型之外，其他结构类型的青蒿素衍生物还没有用于临床的报道。

1986年，青蒿素获得了卫生部新药证书。于1992年再获得双氢青蒿素新药证书。该药临床药效高于青蒿素10倍，进一步体现了青蒿素类药物"高效、速效、低毒"的特点。

1981年，世界卫生组织、世界银行、联合国计划开发署在北京联合召开疟疾化疗科学工作组第四次会议，有关青蒿素及其临床应用的一系列报告在会上引发热烈反响。我的报告是"青蒿素的化学研究"。上世纪80年代，数千例中国的疟疾患者得到青蒿素及其衍生物的有效治疗。

听完这段介绍，大家可能会觉得这不过是一段普通的药物发现过程。但是，当年从在中国已有两千多年沿用历史的中药青蒿中发掘出青蒿素的历程却相当艰辛。

目标明确、坚持信念是成功的前提。1969年,中医科学院中药研究所参加全国"523"抗击疟疾研究项目。经院领导研究决定,我被指令负责并组建"523"项目课题组,承担抗疟中药的研发。这一项目在当时属于保密的重点军工项目。对于一个年轻科研人员,有机会接受如此重任,我体会到了国家对我的信任,深感责任重大,任务艰巨。我决心不辱使命,努力拼搏,尽全力完成任务!

学科交叉为研究发现成功提供了准备。我刚到中药研究所,著名生药学家楼之岑指导我鉴别药材。

从1959年到1962年,我参加西医学习中医班,系统学习了中医药知识。化学家路易·帕斯特说过"机会垂青有准备的人"。古语说:凡是过去,皆为序曲。然而,序曲就是一种准备。当抗疟项目给我机遇的时候,西学中的序曲为我从事青蒿素研究提供了良好的准备。

信息收集、准确解析是研究发现成功的基础。接受任务后,我收集整理历代中医药典籍,走访名老中医并收集他们用于防治疟疾的方剂和中药、同时调阅大量民间方药。在汇集了包括植物、动物、矿物等2000余内服、外用方药的基础上,编写了以640种中药为主的《疟疾单验方集》。正是这些信息的收集和解析铸就了青蒿素发现的基础,也是中药新药研究有别于一般植物药研发的地方。

关键的文献启示。当年我面临研究困境时,又重新温习中医古籍,进一步思考东晋(公元3—4世纪)葛洪《肘后备急方》有关"青蒿一握，以水二升渍，绞取汁，尽服之"的截疟记载。这使我联想到提取过程可能需要避免高温，由此改用低沸点溶剂的提取方法。

关于青蒿入药，最早见于马王堆三号汉墓的帛书《五十二病方》，其后的《神农本草经》《补遗雷公炮制便览》《本草纲目》等典籍都有青蒿治病的记载。然而，古籍虽多，却都没有明确青蒿的植物分类品种。当年青蒿资源品种混乱，药典收载了2个品种，还有4个其他的混淆品种也在使用。后续深入研究发现：仅Artemisia annua L.一种含有青蒿素，抗疟有效。这样客观上就增加了发现青蒿素的难度。再加上青蒿素在原植物中含量并不高，还有药用部位、产地、采收季节、纯化工艺的影响，青蒿乙醚中性提取物的成功确实来之不易。中国传统中医药是一个丰富的宝藏，值得我们多加思考，发掘提高。

在困境面前需要坚持不懈。上世纪70年代中国的科研条件比较差，为供应足够的青蒿有效部位用于临床，我们曾用水缸作为提取容器。由于缺乏通风设备，又接触大量有机溶剂，导致一些科研人员的身体健康受到了影响。为了尽快上临床，在动物安全性评价的基础上，我和科研团队成员自身服用有效部位提取物，以确保临床病人的安全。当青蒿素片剂临床试用效果不理想时，经过努力坚持，深入探究原因，最终查明是崩解度的问题。改用青蒿素单体胶囊，从而及时证实了青蒿素的抗疟疗效。

团队精神，无私合作加速科学发现转化成有效药物。1972年3月8日，全国"523"办公室在南京召开抗疟药物专业会议，我代表中药所在会上报告了青蒿No.191提取物对鼠疟、猴疟的结果,受到会议极大关注。同年11月17日,在北京召开的全国会议上,我报告了30例临床全部显效的结果。从此,拉开了青蒿抗疟研究全国大协作的序幕。

今天,我再次衷心感谢当年从事"523"抗疟研究的中医科学院团队全体成员,铭记他们在青蒿素研究、发现与应用中的积极投入与突出贡献。感谢全国"523"项目单位的通力协作,包括山东省中药研究所、云南省药物研究所、中国科学院生物物理所、中国科学院上海有机所、广州中医药大学以及军事医学科学院等,我衷心祝贺协作单位同行们所取得的多方面成果,以及对疟疾患者的热诚服务。对于全国"523"办公室在组织抗疟项目中的不懈努力,在此表示诚挚的敬意。没有大家无私合作的团队精神,我们不可能在短期内将青蒿素贡献给世界。

疟疾对于世界公共卫生依然是个严重挑战。WHO总干事陈冯富珍在谈到控制疟疾时有过这样的评价,在减少疟疾病例与死亡方面,全球范围内正在取得的成绩给我们留下了深刻印象。虽然如此,据统计,全球97个国家与地区的33亿人口仍在遭遇疟疾的威胁,其中12亿人生活在高危区域,这些区域的患病率有可能高于1/1000。统计数据表明,2013年全球疟疾患者约为一亿九千八百万,疟疾导致的死亡人数约为58万,其中78%是5岁以下的儿童。90%的疟疾死亡病例发生在重灾区非洲。70%的非洲疟疾患者应用青蒿素复方药物治疗(Artemisinin-based Combination Therapies, ACTs)。但是,得不到

ACTs治疗的疟疾患儿仍达五千六百万到六千九百万之多。

疟原虫对于青蒿素和其他抗疟药的抗药性。在大湄公河地区,包括柬埔寨、老挝、缅甸、泰国和越南,恶性疟原虫已经出现对于青蒿素的抗药性。在柬埔寨—泰国边境的许多地区,恶性疟原虫已经对绝大多数抗疟药产生抗药性。请看今年报告的对于青蒿素抗药性的分布图,红色与黑色提示当地的恶性疟原虫出现抗药性。可见,不仅在大湄公河流域有抗药性,在非洲少数地区也出现了抗药性。这些情况都是严重的警示。

世界卫生组织2011年遏制青蒿素抗药性的全球计划。这项计划出台的目的是保护ACTs对于恶性疟疾的有效性。鉴于青蒿素的抗药性已在大湄公河流域得到证实,扩散的潜在威胁也正在考察之中。参与该计划的100多位专家们认为,在青蒿素抗药性传播到高感染地区之前,遏制或消除抗药性的机会其实十分有限。遏制青蒿素抗药性的任务迫在眉睫。为保护ACTs对于恶性疟疾的有效性,我诚挚希望全球抗疟工作者认真执行WHO遏制青蒿素抗药性的全球计划。

在结束之前,我想再谈一点中医药。"中国医药学是一个伟大宝库,应当努力发掘,加以提高。"青蒿素正是从这一宝库中发掘出来的。通过抗疟药青蒿素的研究经历,深感中西医药各有所长,二者有机结合,优势互补,当具有更大的开发潜力和良好的发展前景。大自然给我们提供了大量的植物资源,医药学研究者可以从中开发新药。中医药从神农尝百草开始,在几千年的发展中积累了大量临床经验,对于自然资源的药用价值已经有所整理归纳。通过继承发扬，发掘提高，一定会有所发现，有所创新，从而造福人类。

最后，我想与各位分享一首我国唐代有名的诗篇，王之涣所写的《登鹳雀楼》：白日依山尽，黄河入海流，欲穷千里目，更上一层楼。请各位有机会时更上一层楼，去领略中国文化的魅力，发现蕴涵于传统中医药中的宝藏！

衷心感谢在青蒿素发现、研究和应用中做出贡献的所有国内外同事们、同行们和朋友们！

深深感谢家人的一直以来的理解和支持！

衷心感谢各位前来参会！

谢谢大家！

【交流之窗】

中国人有很多情结，如运动员有奥运情结，电影人有奥斯卡情结，学生有读名校的情结，当然中国本土上的中国学者获得诺贝尔奖更是中国人难以割舍的情结。屠呦呦获奖，让我们看到了科学家们始终如一的坚持科学的精神，以及他们的牺牲与奉献，但也正是中国科学家在科学研究中的艰苦挣扎，才让我们认识到在经济飞速发展的今天，决不能让经费在科研的大门前徘徊不进！